HEIDI & JÜRGEN WENDT

Geflüster aus dem Standesamt
Bitte wend(t)en!

*Es kommt nicht darauf an
wer im Standesamt vor dir steht,
sondern nur wer neben dir steht!*

© 2024 Heidi und Jürgen Wendt
Titelbild und Gestaltung: Nils Rackwitz
Verlag: BoD · Books on Demand GmbH,
In de Tarpen 42, 22848 Norderstedt
Druck: Libri Plureos GmbH, Friedensallee 273, 22763 Hamburg
ISBN 978-3-7693-0664-4

Inhalt

Vorwort

Was macht eine Standesbeamtin, wenn sie keine Trauung hat? Auf diese Frage finden Sie, liebe Leser, in diesem Buch eine Antwort. Im Standesamt wird unser ganzes Dasein von der Geburt bis zum Tod beurkundet. Dazwischen heiratet man für immer und ewig oder trennt sich, ändert seinen Namen, tritt aus der Kirche aus, erkennt die Vaterschaft an oder wird adoptiert. All das und noch viel mehr wird im Standesamt besiegelt. Eine verantwortungsvolle und vielseitige Arbeit, streng geregelt nach Recht und Gesetz. Seit 1991 führe ich, Heidi Wendt, diese Tätigkeit in einem kleinen Standesamt in Mecklenburg aus und habe viele Menschen kennen lernen dürfen - zu glücklichen und traurigen Umständen.

Ereignisse und Momente, manchmal lustig und kurios, manchmal besinnlich oder betrübt, sind nun aufgeschrieben. Viele eigene Gedanken und Handlungen, auch aus dem ganz persönlichen Alltag, regen zum Schmunzeln oder zum Nachdenken an.

Dies ist nun das dritte Buch unserer Reihe *Bitte wend(t)en!*, das Sie, liebe Leser, in den Händen halten. So wie in den vorangegangenen Büchern bereichert auch mein Mann dieses Büchlein mit humorvollen Geschichten.

So manches Brautpaar hat sich bereits wieder getrennt. Liebe Menschen sind nicht mehr unter uns. Aber die Erinnerungen an unvergesslich schöne, bewegende oder traurige Momente bleiben. Wir halten sie fest.

Ob diese Geschichten und Anekdoten wirklich wahr sind? Diese Frage lassen wir offen. Zumindest die Namen sind frei erfunden. Ähnlichkeiten mit Personen sind natürlich rein zufällig. Lassen Sie sich doch einfach überraschen.

Wir bedanken uns ganz herzlich bei unseren Freunden Beate M. Kunze und Ines Hepperle, die uns beim Lektorieren geholfen haben, sowie bei dem Künstler Nils Rackwitz, der das Buch gestaltet hat. Erst durch eure professionelle Unterstützung ist es ein richtiges und schönes Buch geworden.

Viel Spaß beim Lesen wünschen
Heidi und Jürgen Wendt

Die Traurede

Meine erste Trauung nahm ich im Februar 1992 vor. Und ganz ehrlich, ich war damals viel aufgeregter als das Brautpaar und dachte nur: „Da musst du jetzt irgendwie durch." Stundenlang habe ich die Rede vorbereitet, sie mir selbst vor dem Spiegel vorgesprochen und geübt. Alles ging gut, die Aufregung hat sich für beide Seiten gelohnt. Das Paar ist immer noch verheiratet. Inzwischen haben auch ihre Kinder in unserem Standesamt geheiratet und selbst eine eigene Familie gegründet.

Nach über 30 Jahren wird man gelassener und kann seinen Erfahrungen „trauen". Und doch ist immer ein bisschen Lampenfieber dabei, besonders wenn es sich um eine große Hochzeitsgesellschaft handelt. Man hofft, dass nichts schiefgeht, dass man sich nicht verspricht. Bei dem Brautpaar selbst ziehen die Worte oft wie im Rausch vorüber, denn sie sind in diesem Moment nur auf meine Frage, beziehungsweise auf ihr Ja-Wort fixiert. Oder erinnern Sie sich noch an Ihre Traurede? Ich denke manchmal im Scherz sogar, ich könnte dann sonst was fragen, zum Beispiel: „Ist es Ihr Wille, die Standesbeamtin zu heiraten?" Was glauben Sie, welche Antwort da käme? Ich habe 1982 geheiratet und erinnere mich höchstens daran, dass unsere Standesbeamtin Karl Marx zitierte: „Die Familie ist die kleinste Zelle der Gesellschaft".

Was eine Traurede heute beinhalten soll, beraten meine Kollegen und ich jeweils mit dem Brautpaar in einem kleinen Vorgespräch. Schön ist es, wenn sich die Verlobten vorher Gedanken gemacht haben und gerne auch die eine oder andere Kennlern-Anekdote verraten. Vielleicht denken Sie jetzt: „Na ja, in den kleinen Standesämtern auf dem platten Land ist ja auch nicht viel los, da können sich die Standesbeamten mehr Zeit nehmen." Trauungen finden zwar nicht jede Stunde statt, aber viele Ämter haben wunderschöne Außentrauorte wie Schlösser oder Gutshäuser. In der Hochsaison reisen wir bei größter Hitze, sehr oft samstags, von A nach B. Und neben den Eheschließungen mit ihren Vor- und Nachbereitungen gibt es noch sehr viele weitere Aufgaben im Standesamt. Ich muss mir oft die Frage anhören, was ich in meinem kleinen Standesamt denn zu tun hätte, wenn nicht geheiratet wird. Der Arbeitstag wird ausgefüllt mit Beurkundungen der Sterbefälle, Ausstellungen von Urkunden aller Arten, Fortführung der Registereinträge, Namenserklärungen, Kirchenaustritten, Vaterschaftsanerkennungen, um nur einiges zu nennen. Standesämter in Städten mit Geburtskliniken haben natürlich sehr viele Geburten zu beurkunden. Ab und zu beurkunde ich auch mal eine Hausgeburt. Alles muss immer mit größter Sorgfalt und Gewissenhaftigkeit erledigt werden. Die Bürger müssen sich auf unsere Arbeit verlassen können. Fehler können Falschbeurkundungen mit sich ziehen und ungeahnte rechtliche Folgen auslösen.

Die Globalisierung erhöht die Verantwortung für Kenntnisse im Umgang mit ausländischem Recht. Die Liebe kennt keine Grenzen. Internationale Paare sind lange keine Seltenheit mehr. Und wenn es Paare reizt, im Ausland zu heiraten, stehen sie letztendlich auch wieder vor meiner Tür, weil die Eheschließung nach deutschem Recht nachbeurkundet werden soll. Es wird also nie langweilig.

Und dann gab es ja auch noch Corona. In diesen zwei Jahren fanden im ganzen Land weniger Hochzeiten statt. Die teilnehmende Gästezahl war begrenzt. Abstand halten, Mundschutz tragen und ständiges Desinfizieren machten die Zeremonie nicht gerade romantisch. Wer eine große Hochzeit feiern wollte, verschob den Termin von einem Sommer auf den anderen. Ich hoffe, dass diese Paare ihren Traum von einer Traumhochzeit inzwischen verwirklichen konnten und mit all ihren lieben Familien und Freunden nachgefeiert haben. Einigen Paaren kam dieser Umstand allerdings auch recht. Nämlich jenen, die eh kein großes Brimborium machen wollten, die Verwandtschaft zerstritten war oder man das viele Geld für andere wichtige Sachen brauchte. Die Pandemie brachte aber auch schon lange miteinander lebende Paare ins Standesamt, die ihre gegenseitige Verantwortung endlich mit ihrer Unterschrift und dem Ja-Wort rechtlich besiegelten.

Wissen Sie eigentlich, welche Frage man mir in geselliger Runde am meisten stellt? „Hat schon mal jemand ‚Nein‘ gesagt?“ Tatsächlich hat das bei mir noch niemand gewagt. Obwohl es mich ein ganz kleines bisschen reizen würde, auch hier das Häkchen in meinem Dienstleben zu setzen. Einmal hatte ich das Gefühl, dass der Bräutigam innerlich ein bisschen zweifelte.

Altes Klischee, Frauen wollen ja immer gern geheiratet werden, Männer haben oft Angst, ihre Freiheit zu verlieren. Das wird dann von anwesenden Freunden mit einfältigen Sprüchen gegenüber dem wartenden Bräutigam noch geschürt. Kurz vor meiner amtlichen Frage bat ich einmal den Bräutigam: „Schauen Sie doch noch einmal auf Ihre Braut! Wenn Sie jemand in den nächsten Tagen, Wochen, Monaten oder Jahren fragt, wer ist diese wunderschöne kluge Frau an Ihrer Seite? Dann können Sie mit Stolz und Recht sagen: Das ist MEINE Frau!" Mit einem Mal leuchteten seine Augen, und sein Ja-Wort kam dann laut und sicher. Dieser Mann ist heute immer noch stolz auf seine Ehefrau. Ich glaube, ich kann auch ohne das Häkchen gut leben. Ich bin von Herzen gerne Standesbeamtin! Ach ja, noch ein Tipp für Sie, liebes Brautpaar oder für Sie, liebe Hochzeitsgäste: Wenn Ihnen die Traurede gefallen hat, dürfen Sie es dem Standesbeamten oder der Standesbeamtin gerne sagen. Freude bereiten ist das Geheimnis eines glücklichen Lebens.

Manni

Meine Arbeit im Standesamt begann 1991. Die Stadtverwaltung suchte eine neue Standesbeamtin. Die Wende hatte meine bisherige Arbeit weggewendet. Ich bewarb mich und wurde eingestellt. In meiner Vorstellung bestanden meine Aufgaben darin, irgendwelche Sachbearbeitungen im Standesamt durchzuführen, wie zum Beispiel Urkunden auszustellen. Trauungen zu machen, kam mir gar nicht in den Sinn. Dass diese zu meiner Tätigkeit gehören sollten, wurde mir dann aber spätestens am zweiten Arbeitstag klar. Wat´ solls, der Arbeitsvertrag war unterschrieben. Ich hatte ein Jahr Schonfrist, da ich erst nach einem Jahr so richtig als Standesbeamtin bestellt werden durfte. Zeit genug, um mich damit auseinanderzusetzen, dass ich irgendwann auch die zu Trauungen gehörenden Reden halten würde. Die Gesetze der DDR galten nicht mehr, und es war gut so, dass ich also mit den neuen der Bundesrepublik Deutschlands startete. Ich beschäftigte mich mit allen Grundlagen des bundesdeutschen Personenstandsgesetzes und las die Dienstanweisung für Standesbeamte wie ein Buch.

Eine Partnergemeinde Schleswig-Holstein unterstützte die ostdeutsche Stadtverwaltung dabei, sie in eine westdeutsche umzuwandeln. Für zwei Monate wurde ich in den Westen delegiert, um als Mitläufer eines erfahrenen Standesbeamten mein Handwerk zu lernen. Ich wohnte bei einer sehr netten Familie in Ort. Mein ‚Meister‘ im Amt war ein großer, sehr humorvoller Standesbeamter Mitte fünfzig. „Du kannst Manni to mi seggen“, sagte er gleich am ersten Tag. Er teilte sein Büro mit mir. Etwas schüchtern, doch wissbegierig sog ich alles auf, was er mir erzählte. Ich legte mir eine Sammelakte an und schrieb alles auf, was ich teilweise zuerst noch kaum richtig verstand. „Du möst dat in de Praxis liern, süst ward dat nix“! Er gab mir viele Beispielfälle, und nach zwei Stunden arbeitete er mit mir zusammen die Lösungen durch. In unseren ostdeutschen Verwaltungen gab es kaum Männer. Verwaltung und Büroarbeit waren Frauensache. Ich bewunderte es, wie spielend einfach Manni die Tasten am PC bediente. Zehnfingersystem ohne hinzugucken. Und das als Mann! Das war schon beeindruckend, ich kann es bis heute nicht. In der Volkshochschule habe ich damals den Grundkurs für Arbeiten am PC belegt, aber perfekt Schreibmaschine schreiben bekam ich nie auf die Reihe.

Manni war ein sehr erfahrener Standesbeamter. Jede Frage konnte er mir beantworten. Manchmal zweifelte ich, konnte kaum glauben, dass Manni immer alles genau wusste. „Dat ward nu so maakt un fardig is, dat kannst mi al glöven mien Deern. Un egol wat du deist, de Hauptsack is, dat du dat sülwst verantwoorten deist." Er war ein echter Kumpel. Er machte sich aber auch gern mal über den einen oder die andere lustig. Nach einem Traugespräch mit einem Paar brummelte er: „Oh man, mit de Ollsch, wull ik nich verheurat sin, dor det mi de Mann nu all leed". Und „Wat ik di hier segg, dat blifft in dissen Ruum, damit dat kloor is!" Er war sehr vertrauenswürdig, konnte sich aber auch darauf verlassen, dass ich nichts ausplauderte. Über manche westliche „Arbeitsrituale" habe ich mich damals übrigens auch sehr gewundert. Eine Angestellte hatte tatsächlich eine Klappliege im Büro, schloss in der Mittagspause die Tür ab und hielt ihren Mittagsschlaf. Irgendwie habe ich sie aber auch um diese Freiheit beneidet. Manchmal piepte Mannis Feuerwehrfunkgerät. Dann schoss er blitzschnell aus dem Büro zum Feuerwehrhaus; er war der Wehrleiter der Gemeinde. Die Autobahn war nah und die Häufigkeit von Unfällen groß. Er kam einmal von einem schlimmen Unfalleinsatz zurück, setzte sich an den Schreibtisch und holte aus der Schublade eine Buddel Oldesloer und ein kleines Schnapsglas hervor, kippte es randvoll, trank es in einem Zug leer und schwieg erst mal lange Zeit. Wie sollte man auch nach so schlimmen Einsätzen gleich zum Tagesgeschäft übergehen? Vielleicht jetzt noch eine Hochzeit? „Ein Kööm neutralisiert", sagte er.

Am meisten hat mich aber beeindruckt, wie Manni seine Hochzeitsreden vorbereitete. Nämlich gar nicht. Ich sagte: „Du musst doch noch ne Rede schreiben!" „Wat son Kraam, dat bruuck ik nich, dat maak so utn Lameng" war seine Antwort. „Und Musik?" fragte ich. „Son Schiet, wi sünd doch nich in Theater!" Keine Musik, keine feierliche Umrahmung? Wie soll die Trauung dann festlich werden? „Bei uns wird aber immer eine Musik gespielt, wenn das Paar das Trauzimmer betritt und den Hochzeitsmarsch, wenn es wieder rausgeht". „Wi sünd hier nich bi de Kommunisten", sagte er nur blubbernd. Ich durfte bei seinen Trauungen dabei sein. Wie das wohl wird, dachte ich. Keine vorbereitete Rede, keine Notizen auf dem Papier. Das geht doch gar nicht.

Manni hielt seine Rede aus dem Lameng. Er begrüßte mit lauter Stimme die Gesellschaft, setzte sich dann hin und erzählte dem Paar etwas über Zusammenhalt und Toleranz, über Respekt und gegenseitige Unterstützung im Leben. Auch dann, wenn es mal Sorgen gab oder jemand krank war. Teilweise flossen seine Worte lustig, aber auch gleichermaßen ernst über seine Lippen. Über Liebe und Treue sagte er nicht allzu viel. Das Brautpaar wurde auf den Moment für das Ja-Wort eingestimmt und nach ca. sieben Minuten sprachen sie es aus, das Ja-Wort. Dann wurde der Eheeintrag vorgelesen und unterschrieben. Manni gratulierte dem Paar und war fertig. Zufrieden ging die Gesellschaft aus der Tür, meist später ja noch in die Kirche, was damals im Westen noch viel mehr üblich war als im Osten. Ich war immer wieder sehr erstaunt, wie Manni stets passende Worte für das Paar fand, ohne eine Notiz, ohne eine vorbereitete Rede. Ich habe in den ersten 15 Jahren als Standesbeamtin immer lange an einer Rede geschrieben. Und zwar zu Hause. Gedichte rausgesucht und alles zusammengestellt. Im Büro hatte ich dafür keinen freien Kopf. Später habe ich Wort für Wort die Rede abgelesen. Bei meiner ersten Trauung wünschte ich mir, der Boden ginge unter meinen Füßen auf. Tat er aber nicht. Ich musste da durch. Immer hatte ich Lampenfieber. Mein erstes Paar ist übrigens immer noch zusammen. Jetzt haben sie schon lange die Silberhochzeit gefeiert.

Und heute? Bin ich wie Manni. Ich rede aus dem Lameng. Naja nicht ganz. Ich mache mir Stichpunkte zu jedem Brautpaar, ganz individuell. Alles das, was mir das Paar im Vorfeld freiwillig über sich erzählt. Wann und wie sie sich gefunden haben, der erste Kuss, der Heiratsantrag und was sie sich im Leben so wünschen. Ich trage auch gern ein Gedicht vor, wenn ich weiß, dass es das Paar zu schätzen weiß. Um Musik kümmere ich mich kaum selbst. Die jungen Leute haben ihren eigenen Geschmack, bringen ihre CD selbst mit. Und wenn es Udo Lindenberg oder Rammstein ist. Dann sage ich, dass diese Auswahl das Paar selbst getroffen hat, wenn Oma und Opa ungläubig die Augenbrauen hochziehen. Jetzt bin ich ja auch so alt wie Manni damals, und ich kann mit Stolz behaupten, nun ebenso gut zu sein. Ein gutes Gefühl im Alter gelassener zu werden und auf Erfahrungen zu vertrauen. Prost Manni, darauf trinken wir einen!

Ein Versuch

Ein Paar kam zum Vorgespräch. Ich war an diesem Tag nicht gut drauf, Vertretung im Einwohnermeldeamt, komplizierte Bürger und wer weiß was noch. Das Gespräch mit den Verlobten verlief anfangs normal. Ich fragte nach diesem und jenem, wie und wo sich beide kennengelernt hätten und was sie vom Eheleben erwarten, worauf sie sich freuen würden. Das Paar wollte alles perfekt haben und wünschte sich eine sehr romantische Rede. Ich sagte ein wenig zu salopp, dass ich nicht so sehr romantisch bin und eher nicht groß von Liebe und Treue rede. Verdutzte Blicke. Dann fragten sie mich doch tatsächlich, ob es noch eine andere Standesbeamtin gäbe, die das dann eben könnte. Auf diese Frage war ich nicht gefasst. Es war mir sofort peinlich. Das war nun so ein Moment, wo ich mich einfach in Luft auflösen wollte, einfach von der Bildfläche verschwinden. Ich schluckte. Klar haben wir noch weitere Kolleginnen im Angebot, wenn sie es denn unbedingt wünschen. Die Brautleute wollten es sich nun nochmal überlegen und wollten mir dann Bescheid geben. Sie gaben mir Bescheid und wollten es mit mir versuchen. Ich gab mir viel Mühe, wählte romantische Gedichte aus und bereitete mich mehr als üblich vor. Die Hochzeit sollte um 11.00 Uhr in der Kunstscheune am Seehotel stattfinden. Das Brautpaar disponierte aber kurzfristig auf 10.30 Uhr um. Ich war rechtzeitig vor Ort. Nur die Braut nicht, wir starteten 10 Minuten später, auch nicht schlimm. Ich war gerade so schön in romantischer Fahrt, da klopften noch zwei Gäste an die Tür, die die neue Uhrzeit nicht mehr auf dem Schirm hatten. Also kurze Unterbrechung und dann ging es weiter. Plötzlich drängelte der 3-jährige Sohn, er müsse mal. Auch kein Problem, Omi ging schnell mit ihm aufs Klo. Ich blieb ruhig und gelassen, Kinder eben. So nun alle bereit? Dann könnte ich ja zur Fragestellung überleiten. Ich bat das Paar, sich von ihren Plätzen zu erheben, Fragestellung, Hochzeitskuss, Applaus und Ringtausch. Wo sind die Ringe? Der Trauzeuge sollte sie überreichen, laut Plan. Der lief rot an, oh je, die sind noch auf dem Zimmer. Nachdem er sie geholt hatte, konnte dann auch dieser Akt geschlossen werden. Naja, so viel zu perfekt!

Nach einem Jahr erhielt ich einen Brief von diesem Paar:
Liebe Frau Wendt, anlässlich unseres ersten Hochzeitstages möchten wir uns bei Ihnen für die liebevollen Worte während unserer Trauung ganz herzlich bedanken. Nach anfänglichen Schwierigkeiten hätten wir uns niemanden Besseren vorstellen können. Wir würden es immer wieder mit Ihnen tun!

Kleiderordnung

Nicht schöner zu sein als die Braut, lautet die Devise einer Standesbeamtin. Zumindest, was die Kleidung angeht.

Und da in einer Kleinstadt Hochzeitsfotos im gleichen Freundeskreis gezeigt werden, kommt dann auch mal die Feststellung, das hatte die Standesbeamtin auch auf unserer Hochzeit an. Da haben es die männlichen Amtskollegen irgendwie leichter. Kaum einer wird sich an den Anzug erinnern, den der Standesbeamte trug, geschweige denn darüber reden.

Ich werde oft gefragt, wie denn das Kleid von dieser oder jener Braut aussah. Ganz ehrlich? Ich weiß es nicht mehr. Nur wirklich ganz kuriose Outfits bleiben in Erinnerung. Ein Paar kam in mittelalterlicher Kleidung, ein anderes in Bermudas und Badelatschen. Ein Brautpaar, beide leidenschaftliche Landwirte, trug grüne Arbeitslatzhosen. Immerhin waren diese neu, und der Wiederverwendungszweck war garantiert. Darüber wurde in der Stadt geredet. Dieses Paar liebte die Provokation.

Ich lege mir meine Sachen einen Tag vorher bereit. Schwarze Hose oder Rock, darüber eine feierliche Bluse, das geht immer. Im Sommer ein schönes Kleid.

Nun habe ich ein kleines Problem. Ich lebe schon mein ganzes Leben mit Jagdhunden im Haus, und zwar nicht gerade mit kleinen. Und damit diese mir morgens nicht an mein „kleines Schwarzes" streifen, ziehe ich Rock oder Hose erst kurz vor dem Verlassen des Hauses an. Denn trotz großer Vorsicht, schwarze Sachen sind ein Magnet für Hundehaare. Jeder Hundebesitzer kann ein Lied davon singen.

Und da ein ungefüttertes Kleid oder Rock auf den mit Nylon bestrumpften Beinen klebt, ist ein Unterkleid zweckmäßig.

So sitze ich dann morgens in diesem Unterkleid am Frühstückstisch, die Bluse schon drüber, fertig geschminkt und die nötigen Accessoires angelegt. Ist auch alles in der Tasche? Schlüssel, Handy, Essen, Trinken? Schuhe sauber? Alles in Ordnung, dann also den Mantel drüber und ab ins Auto zum Rathaus.

Nach einer Stunde in meinem Büro, ich druckte gerade die Eheurkunde aus, fühlte es sich etwas kühl um meine Schenkel an. Verdammt, jetzt erst bemerkte ich das Dilemma. Ich hatte doch tatsächlich vergessen, meinen schwarzen Rock anzuziehen. Ich saß zwar im schicken Oberteil, aber unten rum schaut nur das letzte Drittel meines schwarzen Unterkleides mit feiner Spitze heraus. Ach du meine Güte! Ich rief die Kollegin von der Kasse an und bat sie, mal kurz zu mir rüber zu kommen. „Was stimmt mit mir nicht?", fragte ich meine Kollegin. Sie suchte lange nach dem Fehler und ich musste sie aufklären. „Ach, das würde überhaupt nicht auffallen, du sitzt doch sowieso.", war ihre Antwort.

Ich dachte kurz darüber nach. Es war auch nicht mehr genug Zeit, um nach Hause zu fahren.

Aber nein, auch wenn es tatsächlich keiner bemerken würde. Mit dem Gedanken, eine Trauung in Unterwäsche zu vollziehen, kam ich dann doch nicht klar.

Ich rief meinen Mann an und fragte, ob er kurz Zeit hätte. Hatte er. Ich erklärte ihm genau, wo er den schwarzen Rock finden würde, der noch ordentlich auf dem Bügel im Schrank hing. Und ich bat ihn inständig, sich zu beeilen. Kurze Zeit später stand er im Foyer, hielt das Kleidungsstück hoch und rief laut: „Ist das der Rock, den du heute nicht an hast?"

Morgens am Küchentisch   Jürgen

Morgens am Küchentisch
Ein großer Pott Kaffee, türkisch gebrüht.
Eine Zigarette,
die Zeitung mit dem Sportteil,
das kleine Island hat gerade das große England geschlagen,
der Hahn kräht auf dem Hof,
sonst wunderbare Stille.
Heidi kommt aus dem Bad.
„Ich hab heute Trauung. Kann ich das anziehen?“
„Ja.“
„Sehe ich darin auch nicht zu fett aus?“
„Nein.“
„Das sagst du doch jetzt bloß so!“
„Hhmmm.“
„Welche Kette, die oder die?“
„Ja!“
„Was ja?“
„Ja die!“ Dann zeige ich mit dem Finger in die Richtung, ohne mit den
Augen den Absatz in der Sportzeitung zu verlieren.
„Ich habe aber keine passenden Ohrringe dafür!“
„Dann kauf dir welche!“
„Wovon? Gibst du mir das Geld?“
„Hhmmm.“
Abends am Küchentisch.
Ein Feierabendbier,
eine Zigarette,
der Hahn kräht auf dem Hof,
sonst wunderbare Stille.
Vor mir die Zeitung mit dem Sportteil.
Das kleine Island hat immer noch das große England geschlagen.
Habe den Sportteil heute Morgen nicht geschafft. Versuche es jetzt.

Ein Auto rollt in die Einfahrt. Heidi kommt von der Arbeit.

„Kannst du mal das Auto ausladen? Ich hab schon eingekauft, dann kannst du das wenigstens ausräumen!"

„Ja, nachher."

„Die Hühner haben wieder auf die Terrasse geschissen! Machst du das mal weg?!"

„Ja, nachher."

„Du wolltest schon lange einen Zaun bauen!"

„Ja, nachher."

„Soll ich dir mal was sagen?"

„Ja."

„Das ist aber streng geheim! Das darfst du keinem weiter erzählen!"

„Nein."

„Weißt du wer heiraten will?"

„Nein."

„Ach, ich erzähle dir das lieber nicht. Du verplapperst dich sonst. Und ich hab versprochen es niemandem zu sagen."

„Dann sag es auch keinem!"

„Aber du kommst nie drauf! Rate doch mal!"

„Ich komme nicht drauf. Lass mich ein bisschen nachdenken!"

Dann nehme ich mein Bier, meine Zigarette, meinen Sportteil und gehe in meinen Heizungskeller, um nachzudenken.

Junggesellinnen-Abschied

Junggesellenabschiede, von Freunden organisiert, sollen lustig sein, können aber auch peinlich werden. Meistens liegt der Spaßfaktor eher bei den Freunden, weniger bei den Brautleuten. Sind diese allerdings für jeden Spaß zu haben, dann hat die Fun-Grenze nach oben viel Luft. Sind die Brautleute eher vernünftig und realistisch, dann wird die Luft schon knapp.

Eine liebe Freundin meiner Tochter passt in diese eben genannte Kategorie. Sandra, die Braut, ist sehr bescheiden und bodenständig: Keine Prinzessin. Sie will schon gar nicht, als solche gekleidet, mit wild gewordenen Freundinnen durch die Straßen ziehen, bewaffnet mit einem Bauchladen, um Lollis, Schokolade, kleine Schnapsfläschchen und Kondome zu verkaufen. Daher der Plan, kein Prinzessinnenkleid beim Verkauf von Lollis, Schokolade, kleinen Schnapsfläschchen und Kondomen zu tragen.

Am vorletzten Samstag vor der Hochzeit stand dann plötzlich das Auto vor der Tür, um Sandra zu einer solchen Abschiedsparty einzuladen. Nein, sie bräuchte sich kein Prinzessinnenkleid anzuziehen, nur ein weißbunt geflecktes Ganzkörper-Kuhkostüm mit Hörnern und rosafarbenem prächtigem Euter. Mit diesem wunderschönen originellen Kostüm würde sie alle bisher verwandelten Bräute mit langweiligen rosa Outfits ausstechen. Und außerdem würde sie kein Mensch erkennen. Überhaupt, wer sollte sie schon in Rostock kennen?

„Auf gar keinen Fall! Nie im Leben werde ich mich hier zum Affen machen." Sollte sie doch auch nicht, sie wäre ja eine Kuh. Und immerhin wäre sie ein tierliebender Mensch. Der Verlobte fand das aber auch nicht soooo schlimm. Und sie sollte sich mal nicht so anstellen. Einmal richtig Spaß haben und ulkig sein, da wäre doch nichts dabei. Wie sie es geschafft haben, die Braut tatsächlich in das Ding reinzukriegen? Mit sehr viel Überredungskunst und einer großen Flasche Sekt. Der Kuh-Anzug passte perfekt. Sandra konnte sich sehr bequem darin bewegen. Der Stoff war samtig weich, und man mochte ihn immerzu streicheln. Das ausgepolsterte Euter schlackerte mit jedem Schritt rhythmisch im Takt. Der Schwanz wedelte lustig hinterher. Das schwarze große Maul mit den großen Nüstern verdeckte die Stirn, darüber zwei treudoofe Augen mit langen Wimpern. Die Ohren hingen drollig seitwärts. Alle amüsierten sich, allerdings immer etwas verhalten. Sie machten ihr Mut, diesen Gag auszuleben. Nur die beiden Kinder, 5 und 8 Jahre, fanden ihre Mutter zwar lustig, aber doch irgendwie befremdlich. So albern verkleidet hatten sie die Mama noch nicht gesehen. Nun stieg die Kuh endlich ins Auto, und los ging die Fahrt nach Rostock, um dort in der Kröpeliner Straße die Ware feilzubieten.

Im Auto dann die endlose Litanei, dass sie das der Freundin nie verzeihen würde. Darauf noch ein Schluck Sekt oder zwei, drei, denn so etwas kann man nicht nüchtern durchziehen.

Marika meinte, sie müsse nochmal zu ihrer Wohnung, sie hätte etwas sehr Wichtiges vergessen. Das war Sandra nun auch schon egal. Also Zwischenstopp in Lübberstorf auf dem alten Gutshof. Nein aussteigen wollte Sandra nicht, sie zog den Kopf ein.

Und dann doch, denn es war Endstation.

Auf der sommerlichen Obstwiese hinter dem alten Pferdestall war eine kleine Tafel weiß gedeckt mit bunten Wiesenblumen und Kerzen in antiken Kerzenhaltern, selbstgebackener Sommertorte und Leckereien, deftigen Snacks und süßen Früchten, mit schönem Geschirr und funkelnden Gläsern aufgebaut. In der alten Zinkwanne lagen die Getränke im kühlen Eiswasser. Lampions und Lichterketten, die später in der Nacht den Platz mystisch in einen Zaubergarten verwandeln würden, hingen bunt in den Ästen der Bäume.

„Wer will denn hier heute feiern?", fragte Sandra.

Plötzlich traten drei weitere Freundinnen ins Bild und schrien: „Überraschung!!"

Die Überraschung war gelungen! Sandra riss ihre Augen auf und schrie ebenso vor lauter Glück und Erleichterung.

Die Mädels feierten bis morgens um 4 Uhr. Sie tranken viel, lachten, weinten, stritten und alberten. Das Kostüm wurde auf dem Sommerstuhl drapiert, als wäre eine Kuh zu Gast.

Als ich die betrunkenen, müden jungen Frauen nach Hause brachte - ich hatte mich als Taxi angeboten - fuhr ich der aufgehenden Sonne entgegen.

Selten genieße ich mein schönes Mecklenburg morgens um 4 Uhr. Vorbei an Feldern und Wiesen. Auf der Weide sah ich im Nebel die Kühe im Gras liegen. Wiederkäuend und schnaufend klimperten sie mit ihren langen Wimpern. Beruhigend und sehr zufrieden. Irgendwie machte mich dieser Anblick sehr glücklich.

Glücklich und zufrieden war auch Sandra. Sie erlebte einen Sommernachtstraum vom Abschiedsfest des ledigen Zustandes.

Es gab viele Umarmungen in dieser Nacht und Marikas Frage: „Hast du wirklich geglaubt, dass ich dich in diesem albernen Kostüm durch Rostock laufen lasse? Nie im Leben!"

Junggesellenabschied

Mit Freundinnen kam ich aus dem Kabarett „Die Distel". Es war eine schöne Sommernacht in Berlin. Da kam eine Gruppe junger Männer fröhlich daher. Sie waren eindeutig auf Junggesellenabschiedstour. Eine meiner Freundinnen rief ihnen entgegen: „Hey, Jungs, wir haben eine Standesbeamtin dabei!" Wir kamen ins Gespräch. „Hast du nicht einen guten Tipp für unseren Bräutigam?"

Na klar: „Schön laut und deutlich Ja sagen! Wir üben das gleich mal." Ich stellte ihm die berühmte Frage: „Ist es dein Wille?" ohne Namen zu erwähnen. Sein „Ja" klang anfangs kläglich. Beim fünften Versuch klappte es prima.

„So, und nun noch der Hochzeitskuss."

Glücksmomente

Im Vorgespräch zur Trauung frage ich die Brautleute, worüber sie sich im Leben besonders freuen, was sie glücklich macht. Manche Aussagen sind auch die schönsten Liebeserklärungen.

Er sagt:
„Ich habe eigentlich großen Respekt vor Pferden, um nicht zu sagen, dass ich Angst habe. Meine Frau reitet mit Leidenschaft, und ich begleite sie manchmal. Wenn ich meine Frau so stolz und schön auf dem Pferd sehe, dann geht mir das Herz auf."

Er sagt:
„Ich habe gedacht, meine Frau kann nicht kochen, und es wäre mir auch egal. Aber als ich ihre Kirschsuppe mit Klößchen gegessen habe, kamen mir vor Rührung die Tränen. Die Suppe hat so geschmeckt wie bei meiner Oma."

Er sagt:
„Meine Frau möchte die Pensionszimmer im Gutshaus gern selbst herrichten, das macht sie alles mit Leidenschaft. Sie hat alles so geschmackvoll eingerichtet. Da habe ich eine Wasserenthärtungsanlage einbauen lassen. Nun lassen sich die Badfliesen viel leichter sauber machen."

Er sagt:
„Weil meine Frau Flugbegleiterin ist, darf ich manchmal sehr günstig mitfliegen, und wir können die Zeit an den Orten der Zwischenstationen zusammen verbringen. So lerne ich viele neue Städte auf der Welt kennen. Meine Frau ist sehr zurückhaltend, ja sogar etwas schüchtern. Aber wenn ich sie im Flieger beobachte, wie souverän und selbstbewusst sie mit den Passagieren umgeht, ihnen die Flugangst nimmt, dann staune ich immer wieder über sie und bin glücklich, dass sie ‚meine' Frau ist."

Er sagt:

„Wir schlachten jedes Jahr ein eigenes Bio-Schwein und verarbeiten das Fleisch gemeinsam mit einer befreundeten Familie. Alles wird sorgfältig zerlegt, zerschnitten, durchgedreht oder zu Wurst gemacht. Gute Fleischstücke werden angebraten und eingeweckt. Wenn ich nach so einem Tag endlich müde im Bett bin, dann lausche ich noch lange in die Küche hinein, wo diese Schraubgläser im Wecktopf langsam abkühlen. Und liebe Frau Wendt, wenn ich dann den letzten leisen Klick von den Schraubgläsern höre, dann bin ich glücklich und kann zufrieden einschlafen."

Er sagt:

„Wenn ich vom Zug kam, ging ich immer am Eisladen vorbei. Sie arbeitete dort in den Ferien. Ich kaufte mir jeden Tag bei ‚ihr' ein kleines Softeis, mal Vanille zu 50 Pfennig, mal Schoko-Vanille zu 60 Pfennig. Ich mochte gar kein Eis und entsorgte es gleich um die Ecke. Hauptsache, ich habe ‚sie' gesehen."

Sie sagt:

„Wenn mein Auto im Winter zugefroren ist, dann kann ich mich immer darauf verlassen, dass mein Mann das Auto enteist. Mit einem Lächeln fahre ich mit Freude zur Arbeit."

Sie sagt:

„Jürgen, Du bist der beste Eierkocher der Welt."

Alles so wie immer, nur schlimmer!

Es war eine anstrengende Arbeitswoche. Am Sonntag zuvor waren Wahlen, die bis spät in die Nacht hinein gingen. Unter anderem wurde der Bürgermeister der Stadt gewählt. Im Trauzimmer lagen noch die vielen Pakete der Wahlunterlagen. Alles musste sortiert und aufbereitet werden, bevor es dann im Keller verwahrt wurde. Mein Stapel an unerledigten Arbeiten, Urkundenanforderungen, Sterbefallanzeigen und Hochzeitsunterlagen, die wegen der ganzen Wahlvorbereitungen auf der Strecke geblieben waren, hatte ich notdürftig geschafft. Nun war ich es, die geschafft war. Gestern ging auch noch mein Auto kaputt. Von den Leuten aus der Werkstatt erfuhr ich, dass frühestens am Montag mit dem benötigten Ersatzteil gerechnet werden könnte. Na egal, meine Kollegin Regina, sie wohnt auch in meinem Dorf, würde mich mit nach Hause nehmen können.

Es war Freitag, noch gut eine Stunde, und dann war endlich freies Wochenende.

Das Telefon klingelte, die 19, das ist die Kasse: „Sag mal, hast du heute früh nicht gesagt, du hättest heute keine Hochzeit? Guck mal aus unserem Fenster. Da steht ein Tross gut angezogener Leute, und mitten dazwischen eine Braut!"

In dem Moment klopfte es auch schon. Ein junger Mann im grauen Anzug kam herein. Er gab mir eine CD in die Hand und bat darum, dass ich die Nummer eins zum Einmarsch und die Nummer vier zum Ausmarsch abspielen sollte. Mir stockte der Atem. Ich starrte diesen Mann mit großen Augen an und er mich auch. Wieso heute, wieso jetzt? Seine Hochzeit hatte ich doch erst nächste Woche. Oder wie? Ungläubig fragte ich: „Sie kommen jetzt schon?" Er darauf: „Ist doch schon zehn vor elf, ich bin doch nicht zu früh?" Blitzschnell nahm mein Gehirn wahr, dass ich diesen Hochzeitstermin heute nicht auf dem Plan hatte. Mein Kalender schon, nur hatte ich diesen den ganzen Tag nicht eines Blickes gewürdigt. Gestern auch nicht und vorgestern schon gar nicht. Der Alptraum aller Standesbeamten, einen Hochzeitstermin zu verpassen, hatte sich jetzt auch für mich bewahrheitet. Wie sollte ich das jetzt denn alles so schnell hinkriegen, ohne dass die Leute das merkten? Bekannte von mir haben in den Achtzigern geheiratet und standen samstags vor dem verschlossenen Rathaus. Handys gab es noch nicht, und so musste man die Kollegin erst ausfindig machen und von zu Hause abholen. Sie war gerade im Garten beim Unkraut jäten. Das Brautpaar hat die Zeit beim Fotografen überbrückt, der eigentlich erst nach der Trauung geplant war. Damals kam der Fotograf nicht ins Trauzimmer, wäre ja auch doof auf jedem Foto das Bild von Erich Honecker mit drauf zu haben. Erich hing in jedem Standesamt an der Wand. Er hatte alle und alle hatten ihn im Blick. Der Bräutigam meinte, eigentlich war es ein Zeichen von oben, sich nochmal zu überlegen, ob man den großen Schritt wagen sollte. Haben sie aber dann natürlich doch. Ich dachte damals nur, die arme Standesbeamtin, wie peinlich für sie. Sowas wird mir nie passieren.

Jetzt sah ich immer noch den Bräutigam mit großen Augen an und tat ganz erstaunt: „Was, Sie haben jetzt wirklich schon den Termin? Das kann doch nicht sein, dass ich mich so sehr irre", und schaute dabei auf meine Uhr. „Ich dachte erst um 12 Uhr?" Ich habe überzeugend gelogen, denn ich hatte weder um 11 noch um 12 Uhr vorgehabt, ein Paar zu trauen. Ich öffnete den Kalender im PC und war ganz erschrocken, der Termin stand heute tatsächlich um 11 Uhr schwarz auf weiß geschrieben. Ganz cool beruhigte ich den jungen Mann: „Oh dann bitte ich um Verzeihung. Das kriegen wir alles hin, Sie müssten sich nur 15 Minuten gedulden." Ich wollte es gerade auch der Gesellschaft, die vor der Tür stand, beichten, da kam unser frisch gewählter Bürgermeister über den Flur, dem ich das Dilemma rasch flüsterte. „Ich kümmere mich um die Leute. Sieh´ zu, dass du fertig wirst!" Er führte die Gäste auf den Innenhof, das Wetter war ja schön, und übte sich ein wenig mit ihnen im Smalltalk. Es wurden gemütlich noch ein oder zwei Zigaretten geraucht, und so bekam niemand von der Unruhe im Rathaus etwas mit. Cool war ich allerdings überhaupt nicht, ich war panisch. Hoch rot und hektisch, rief ich meine Kollegin an und bat sie, die Urkunden für mich auszudrucken. Das war kein Problem, es war ja schon alles im Programm vorbereitet. Aber das Trauzimmer war total mit dem Wahlzeug zugemöhlt. In Windeseile verbreitete sich mein Unglück im Rathaus. Ich danke heute noch meinen lieben Kollegen, die mich ohne großes Bitten sofort unterstützten und zur Stelle waren. Sie schleppten die Kisten und Kartons raus, machten das Zimmer sauber, richteten alles so her, wie es sich gehörte. Das nächste Problem war ich nun selbst. Ich trug an diesem Tag ganz leger Jeans und eine bunte Bluse. Ich müsste jetzt nach Hause, mich umziehen! Aber wie ohne Auto? Dienstauto! Keins da. Haben die vom Bauamt. Meine Kollegin aus dem Einwohnermeldeamt sagte: „Los komm mit mir!" Ich dachte, sie würde mich jetzt schnell nach Hause fahren, aber sie zog mich auf die Damentoilette: „Zieh deine Sachen aus!" befahl sie. Wie jetzt? Bevor ich ihren Einfall richtig kapierte, hatte sie ihren schwarzen Blazer, Hose und weiße Bluse ausgezogen und meine Klamotten an. Was für ein Glück, dass wenigstens eine im Haus so üppig ist wie ich und sie heute auch noch so gut angezogen war. Selbst ihre schwarzen Pumps passten. Naja, die Bluse spannte heftig. Meine Körbchengröße ist doch etwas größer. Tief Luft holen war nicht. Obwohl mir vor lauter Panik nicht zum Lachen war, kicherten wir herzlich auf dem Damen WC. Schnell noch die Haare mit den Fingern ein bisschen gestylt, etwas Lippenstift und fertig war ich. Der Blick in den Spiegel ließ mich aufatmen. So muss eine Standesbeamtin aussehen! Schwarzer Hosenanzug, wenn auch nicht meiner, und eine strahlend weiße Bluse. Oh man, was für eine Erleichterung! Die Hochzeitsgesellschaft stand jetzt im Flur. Ich entschuldigte mich überschwänglich für die Verzögerung. Der Vater beruhigte mich: „Kann ja mal vorkommen, dass man sich in der Uhrzeit irrt. Zehn Minuten Verspätung sind ja kein Beinbruch." Es war jetzt 11.10 Uhr. Ich schnappte mir die Redemappe. Redemappe ist gut, war ja außer der Niederschrift zur Eheschließung gar keine Rede drin. Ich habe nämlich keine Universalrede parat und bin immer stolz darauf sagen zu können, dass ich mich auf jedes Paar neu vorbereite (wenn ich mich denn vorbereite). Ein Blick in das Trauzimmer, ist wirklich alles in Ordnung? Oh was für ein Wunder, es war alles aufgeräumt. Ich muss ehrlich gestehen, so schön und prächtig sah es hier noch nie aus, denn alle Blumensträuße, die dem Bürgermeister zu seiner Wahl geschenkt wurden, schmückten nun mein Trauzimmer. Ich war echt gerührt. Nun tief durchatmen, oh nur nicht so doll, die Bluse!

Ich schritt voran, ließ die Gäste Platz nehmen, legte die Musik ein und bat das Brautpaar herein. Wir lauschten der Musik, und ich versuchte, runter zu kommen, ruhig zu werden. Ich machte mir Gedanken, was ich sagen könnte, so aus dem Lameng. Die Worte gingen mir dann aber doch leicht über die Lippen. Die Stimmung im Trauzimmer entspannte sich, ich hatte die Zuhörer schnell in meinem Bann. Wusste, dass sie nachher im kleinen Rahmen zu Hause feiern würden und dafür alles selbst gut vorbereitet hatten. Die Familie unterstützte die jungen Leute beim Ausrichten der Hochzeit.

Ich war wieder in meinem Element, und die Trauzeremonie lief ab wie immer. Keiner von den Gästen hatte gespürt, welchen Stress ich eben noch hatte. Alles war gut gegangen. Als ich wieder ganz allein im Raum war, überrollten mich meine angespannten Gefühle. Mir kamen die Tränen. Meine Kollegin Birgit nahm mich in den Arm. Und als ich Bärbel aus dem Einwohnermeldeamt in meinen Sachen sah, konnte ich schon wieder richtig lachen. „Gott sei Dank, hast du keine Diät gemacht", sagte ich zu ihr.

Der Braut sagte ich schmeichelnd, wie wunderhübsch sie aussähe und lobte in meiner Rede den werdenden Ehemann, in dem ich sagte: „…aber auch dem Bräutigam steht der Anzug ganz prächtig!" Da schoss es aus seinem Vater laut heraus: „Dat is ok mien Antog!" –

Alle lachten laut. Da hätte ich jetzt erwidern können: „Glöwen sei, ik heff og nich mien Antog an!"

Lieber ohne Schnalle

Begleitet von der Musik „Drei Haselnüsse für Aschenbrödel" schreitet der Brautvater mit seiner hübschen Tochter stolz und erhaben in den großen Saal vom Gutshaus in Jesendorf. Alle Gäste haben sich für diesen Empfang von ihren Plätzen erhoben. Die Braut trägt ein elegantes, verführerisches weißes Brautkleid, dazu einen langen Schleier. Dieser Auftritt ist der eine große Moment, den beide, den keiner vergessen will. Über den man ein Leben lang sprechen wird. Er löst Staunen aus. Tränen fließen, es wird geschluchzt, geschnäuzt. Der Anblick berührt alle Herzen im Raum. Endlich darf der Bräutigam seine traumhaft schöne Braut anschauen und bewundern. Der Vater sagt ehrwürdig: „Ich vertraue dir mein liebstes Kind an, gib immer auf sie acht! Mach sie glücklich, mein Junge!" Braut und Bräutigam nehmen sich in die Arme, raunen sich leise Liebesworte zu, sind überwältigt und können ihre Blicke nicht voneinander lassen.

Dann begleitet der Bräutigam seine Braut zum Stuhl. Doch halt, sie stoppt abrupt. Die Brautmutter schreit auf. Irgendetwas bremst die junge Frau, sie kann nicht weiter. Der Schleier zieht sich stramm. Was ist passiert? Der lange Schleier hat sich in der blanken Schnalle am Schuh der Brautmutter verfangen. Sie stand etwas zu dicht am Geschehen. Mit Mühe bückt sich die Mutter umständlich und versucht hektisch, die Braut zu befreien. Die Trauzeugin kommt zur Hilfe. Auf Knien fummelt sie vorsichtig am Schleier, ohne ihn zu zerreißen. Es nützte nix, die Mutter musste den Schuh ausziehen. Endlich wurde die filigrane Spitze aus der Verankerung gelöst.

Ich konnte mir folgende Bemerkung nicht verkneifen: „So ist es, wenn Mütter nicht loslassen können!"

Hochzeitseskorte

Alle Gäste versammelten sich im Trauzimmer und nahmen ihre Plätze ein. Ich bat darum, die Telefone auszuschalten bzw. auf lautlos zu stellen. Der Vater fuhr das Brautauto höchstpersönlich vor und würde gleich seine Tochter dem Bräutigam feierlich übergeben. Sind alle da? Können wir anfangen? Der aufgeregte Bräutigam prüft seine Hochzeitsgesellschaft auf Vollständigkeit. Wo ist aber seine werdende Schwiegermutter? Sie wird wohl mit dem Brautauto gekommen sein und noch vor der Tür stehen. Man bittet den Trauzeugen, nachzuschauen. Aber da stehen nur Vater und Tochter, zum Eintreten bereit.

Wo war die Brautmutter? Der Vater dachte, dass sie mit dem anderen Sohn vorgefahren sei. Dieser wiederum dachte, dass die Mutter beim Vater einsteigen würde.

Die Brautmutter wurde tatsächlich zu Hause vergessen. Als sie nämlich das Haus vorne und hinten vorbildlich abgeschlossen hatte und bereit zum Mitfahren war, stand kein Auto mehr vor der Tür. Verzweifelt sah sie nur noch die Rücklichter vom Brautauto.

„Irmi, hemm sei di vergetten?" rief der Nachbar verwundert über dem Gartenzaun. Ohne groß zu zögern holte er sein Auto vom Gehöft und eskortierte die Brautmutter zum 10 Autominuten entfernten Rathaus. Nichts geht doch über eine gute Nachbarschaft!

Es ist nicht leicht, der Mann einer Standesbeamtin zu sein, schon gar nicht in einer Kleinstadt, wenn sie nebenbei auch manchmal das Einwohnermeldeamt betreut. Gehen wir mal zusammen irgendwo hin, sei es einkaufen oder irgendwo essen oder auf den Flohmarkt, betreibt sie ständig Konversation. Sie kennt fast alle und quatscht die Leute an, bzw. die Leute zwingen uns ein Gespräch auf.

„Na was macht denn ihre Tochter?" „Oh, sie ist schwanger, das ist ja schön." Oder: „Mein Personalausweis ist abgelaufen, wann kann ich kommen und was brauche ich dafür?" „Haben Sie schon gehört, mein Nachbar will heiraten, hat er sich schon angemeldet?" Also weltbewegende Dinge, die mal ebenso auf der Straße ausdiskutiert werden.

Manchmal fahren wir auf die schöne Insel Poel, um bei Grönings Scholle zu essen. Es schmeckt herrlich dort. Man freut sich gemeinsam über die schöne Aussicht auf den Hafen, die Möwen, die Touristen bekacken und dass die Sachsen nicht wissen, was Butterfisch ist. Aber selbst hier ist meine Frau nicht unbekannt.

Hinterher muss ich immer fragen, wer das war. Ich habe seit jeher ein Problem: Ich kann mir keine Namen und Gesichter merken. Dieser Nachteil verfolgt mich schon mein ganzes Leben. Ich hoffe nur inständig, dass es ein Gendefekt ist und nicht der Anfang von Alzheimer.

Unsere Freundin Heike, am gleichen Tag und im selben Jahr geboren wie ich, konnte mich aber beruhigen. Auch sie hat genau die gleichen Symptome. Weltoffen, wie sie ist, versucht sie schon lange herauszufinden, woran das liegt. Im Internet hat sie recherchiert, dass das eine Krankheit ist. Also kein Alzheimer. Einfach nur eine Krankheit. Für diese Krankheit gibt es sogar einen Namen. Den Namen der Krankheit hat sie aber vergessen. Das macht doch Mut.

Ich rede mir jetzt einfach ein, dass bei unserer Zeugung die Mondkonstellation, irgendwelche Umwelteinflüsse oder Mangelernährung in der DDR Ursache für unsere Erkrankung ist.

Die ganze Sache hat aber auch einen Vorteil. Im Laufe der Jahre wird man redegewandt und kann über Gott und die Welt plaudern, obwohl man nicht genau weiß, wer sein Gegenüber ist. Wir können doch nicht fragen: „Woher kennen wir uns?"

Aber einmal habe ich der Standesbeamtin gezeigt, wo der Hammer hängt!

Seit kurzem hatte ein Asia-Imbiss in Neukloster geöffnet. Oft kaufe ich dort ein. Immer das Gleiche, Nr. 40: Ente süß-sauer. Es ist mir schleierhaft, wie in so kurzer Zubereitungszeit über 100 verschiedene Gerichte entstehen können. Aber man muss nicht alles wissen. Das Essen schmeckt trotzdem.

Auf dem Weihnachtsmarkt trafen wir uns: Der neue Imbissbesitzer der Stadt und ich, der gefühlt schon eine Stunde wild in der Gegend rum gegrüßt hatte, obwohl ich keinen so richtig kannte. Dieses nette asiatische Paar mit Kleinkind im Wagen grüßte gezielt mich und keinen anderen. Erfreut grüßte ich zurück.

Heidi, meinem Eheweib, blieb das natürlich nicht verborgen. Auf ihre Frage, warum, weshalb, wieso, konterte ich cool: „Du musst nicht alles wissen."

Jetzt habe ich nur ein Problem: Haben die Leute wirklich mich erkannt oder den nicht gerade untergewichtigen Hund, der meistens an meiner Seite ist.

Beileid

Jeden Samstag gibt es das einzige gemeinsame Frühstück der Woche. Der Gatte hat den Tisch gedeckt und wartet gleich darauf, dass ich ihn für seine perfekt weich gekochten Frühstückseier loben werde. Seine Antwort lautet stets: „Ich weiß!"

Dann studieren wir beide die Ostseezeitung, das heißt, er studiert, ich lese die Traueranzeigen.

„Na, sag schon, wem hast du das letzte Ticket ausgestellt?"

Ich lese ihm die Namen der Verstorbenen vor, bei denen ich in den vergangenen Tagen den Sterbefall beurkundet habe.

Er antwortet: „Ich kenne da keinen Einzigen von."

„Doch, hier Herr B., er wohnte im Neubau. Herr B. ist tatsächlich hier im Dorf geboren und gestorben, hat niemals woanders gewohnt."

„Ja, ich kenne den Namen, aber ich habe kein Gesicht dazu. War der auch immer beim Skat?"

„Das weiß ich doch nicht. Du gehst Skat spielen! Nicht ich. Aber du kennst doch seine Frau. Sie geht mit ihrer Nachbarin jeden Tag hier runter zum Wald spazieren."

„Ich weiß doch nicht, wer wer ist."

„Aber ihr unterhaltet euch doch immer kurz, wenn sie am Hof vorbeigehen!"

„Ja, dann weiß ich aber trotzdem nicht, wer wer ist!"

„Die kleinere ist die Frau B. und die größere Frau K. Und beim nächsten Mal brichst du dir keinen ab, wenn du Frau B. kurz die Hand reichst und dein Beileid bekundest."

„Das machst du doch schon, und außerdem gehst du eh zur Beerdigung."

„Ja klar, ich muss das alles immer alleine machen. Weißt du, dass ich die Zeit immer raus arbeiten muss? Aber dieses Mal steht in der Zeitung: Im engsten Familienkreis. Das wusste ich schon vorher, vom Bestatter. Ich habe dem schon die Beileidskarte mit Inhalt gleich mitgegeben. Mit der Post ist das immer so unsicher. Briefe mit schwarzem Rand verschwinden manchmal."

Ein paar Tage später komme ich von der Arbeit. Der Gatte sitzt bei seinem Feierabendbier am Küchentisch und zieht ne Flappe.

„Was ist los mit dir?"

„Ja, jetzt habe ich den Mist. Jetzt habe ich einmal auf dich gehört! Da mähe ich oben am Neubau die Grünfläche und sehe, wie die eine der beiden Spazierfrauen vor ihrem Eingang steht. Ich mach die Motorsense aus, wisch mir meine Finger sauber und geh zur ihr hin. Ich reiche ihr die Hand und sage brav meinen Beileidsspruch auf."

„Sehr gut! Und war das nun so schlimm?"

„Sie hat mich mit ganz großen Augen angeguckt und gesagt: „Och, das ist aber nett, Herr Wendt. Nur ein bisschen zu spät. Mein Mann ist schon vor 30 Jahren gestorben!"

Das Geschenk

2020 legte Corona das Leben lahm. Viele Geschäfte, Restaurants und öffentliche Einrichtungen durften nicht öffnen. Mundschutz, Einweghandschuhe und Desinfektionsspray gehörten nun zur täglichen Ausstattung, auch bei uns in der Verwaltung. Die Arbeit im Standesamt wurde gerade noch als systemrelevant eingestuft. Die Beurkundung von Sterbefällen war notwendig; in größeren Städten konnte man die Beurkundung von Geburten erst recht nicht aufhalten. Und wie war das mit den Eheschließungen? Täglich lasen wir die Anweisungen von „oben", wie man eine Trauung durchführen dürfe, wie groß der Abstand zwischen den Stühlen sein müsste, und vor allem, wie viele Personen dabei sein dürften. Trotz Auflagen wurde dennoch geheiratet.

Der Betreiber eines bekannten Imbisses in unserer Kleinstadt musste ebenso sein Geschäft schließen. Bis dahin bestellten sich meine Kolleginnen und Kollegen und natürlich auch ich gerne ab und zu eine Mahlzeit zu Mittag. Nr. 10 oder Nr. 40 waren sehr beliebt. Innerhalb von 15 Minuten waren diese dann abholbereit und die Leute dort immer sehr nett.

Dieser Imbissbetreiber nutzte nun die Zeit der angeordneten Schließung, um endlich zu heiraten. Seine Frau bedauerte es sehr, dass sie nicht feiern und gar keine Gäste einladen durften. Aber sie würden es sich mit ihren gemeinsamen Kindern zu Hause gemütlich machen.

Wir Kolleginnen und Kollegen hatten das große Bedürfnis, der Familie in dieser schweren Zeit etwas Gutes zu tun. Endlich könnten wir uns mal für ihren schnellen und freundlichen Service bedanken. Wir sammelten in unserem Rathaus Geld und bestellten dafür bei unserem Bäcker Hünemörder eine Hochzeitstorte. Er ist berühmt für sein Handwerk, hatte jetzt aber auch Umsatzverluste, weil keiner feierte und seine Torten orderte. Nun konnte die Bäckerin nach langer Zeit endlich wieder eine Hochzeitstorte anfertigen, mit Marzipanröschen und schöner Schrift verziert. Nein, es wurde jetzt keine dreistöckige. Immerhin sollte das Gebäck auch praktisch in einen Tortenkarton passen, damit es keimfrei und unfallfrei überreicht werden konnte. Und wer sollte auch bitteschön eine so große Torte aufessen, wenn es keine Gäste gab?

Die Überraschung war gelungen. Das Brautpaar war vor Freude gerührt, und ihre Kinder jubelten, sodass uns das Herz aufging.

In einem Geschenk treffen sich immer zwei Seelen, weil die eine fühlt, worüber sich die andere freut. Wenigstens etwas Schönes in diesem verdammten Lockdown.

Rosarot

Manche Geschichten, die ich erzählt habe, für die ich aber irgendwie nie
Lust oder Zeit zum Aufschreiben hatte, sind inzwischen am Verfallsdatum
angelangt, sind out, abgelaufen, ein alter Hut. Dennoch, eine Geschichte
holte mich gerade eben wieder ein. Und nun habe ich das alte Ding doch
aufgeschrieben.

Es ist mehr als zehn Jahre her. Ich war im Schlossparkcenter in Schwerin
einkaufen. Die nette Verkäuferin im Duftladen Douglas bot mir an, mich
zu schminken, bevor ich mich für den richtigen Lippenstift, das richtige
Make-up entscheiden würde. Sie hat mich wirklich hübsch geschminkt. Das
bekommt man allein nicht so gut hin. Irgendwie sah ich total verändert aus,
aber natürlich im positiven Sinne. Jetzt wollte ich mein schönes Gesicht
auch präsentieren. Also setzte ich mich mitten ins Center ins Café Rothe
und gönnte mir einen Milchkaffee. Dort sitzt man wie auf dem Präsen-
tierteller, kann Leute beobachten und wird gesehen. Und das wurde ich
offensichtlich. Ich sah aber auch fabelhaft aus!

Neben mir am Tisch saß ein älteres Pärchen, das sich scheinbar in eine
Meinungsverschiedenheit verstrickt hatte. Er sagte: „Du gehst da jetzt
nicht hin. Du blamierst uns beide!" Aber sie ging, und zwar zu mir. Sie
nahm scheinbar allen Mut zusammen. „Entschuldigen Sie bitte, darf ich
Sie etwas fragen?" Sie meinte tatsächlich mich, ich war also das Streitob-
jekt gewesen. Bestimmt wollte sie nun wissen, welches tolle Make-up ich
benutzte. „Aber klar dürfen Sie mich etwas fragen!" „Sind Sie Cindy?" Ich
starrte sie groß an und dachte, welche Cindy? Meinte Sie meine Kollegin
Cindy, denn eine andere kannte ich nicht. Wir sahen uns beide fragend
an. Dann blitzte es. Oh Schiet, sie meint Cindy, Cindy aus Marzahn! Ich
fragte sicherheitshalber nochmal nach. Und ja, sie meinte genau diese
Cindy. Ihre Enttäuschung war groß, als ich ihre Frage nun verneinte. Sie
war sich so sicher. „Siehst du", triumphierte ihr Mann, „das habe ich dir
doch gleich gesagt, dass das nicht Cindy ist! Aber du kannst ja nicht hören!"

Die Frau entschuldigte sich. Irgendwie tat sie mir leid. „Wissen Sie", sagte ich, „Sie sind nicht die Erste, die mich das fragt." Dem Mann zugewandt sagte ich dann schließlich noch: „Naja, det jeb ick och zu, ick seh der schon verdammt ähnlich, wa? Und wenn se keene Perücke uff hat, dann sieht die janz jut aus. So wie icke!"

Ich weiß nicht, wie oft ich diese Geschichte erzählt habe. Ein Freund, damals großer Fan von Cindy, wurde gerade 50. Verkleidet im Rosa-Outfit mit Perücke und Blume im Haar performte ich einen Cindy-aus-Marzahn-Auftritt. Mit schlüpfrigen Witzen war ich der Star des Abends. Einige Gäste in der Runde bekamen den Mund vor Staunen nicht zu. Die dachten tatsächlich, ich wäre die echte Cindy und meinten: „Oh Gott, die lassen sich das ja was kosten!"

Irgendwer zückte sein Handy und filmte mich. Das habe ich vorher nicht bedacht. Smartphones waren noch nicht so verbreitet.

In der folgenden Woche kam eine junge Frau ins Standesamt. Die Schwester würde am Freitag bei mir heiraten und sie hätte da so ein Video gesehen. Die Schwester wäre ja ein absoluter Cindy-aus-Marzahn-Fan. Ich unterbrach die junge Frau und sagte nur: „Vergessen Sie es!" „Aber dann wenigstens am Nachmittag, als Überraschungseinlage!" „Nix da!"

Und nun komme ich endlich zum Anfangsgedanken zurück, Sie wissen es noch, Verfallsdatum und so. Ich hatte im Herbst eine Trauung mit ca. 25 Gästen im Rathaus. Mit Eltern und Geschwistern, das volle Programm. Die Gäste waren festlich gekleidet. Meine Kolleginnen gucken wie immer zu solchen Anlässen aus ihren Bürofenstern, um dann später am Mittagstisch gemeinsam das Brautkleid auswerten zu können. Kerstin empörte sich: „Sag mal, Heidi, ich habe die Braut gesucht. Wo war die denn? Und die zwei im Jogginganzug, gehörten die etwa dazu?" Ich konnte das nur bestätigen: „Tja, dann hast du die Braut gesehen! Sie hatte einen weißen Jogginganzug an und der Bräutigam einen schwarzen. Schade, dass ich heute meinen pinkfarbenen Cindy-aus-Marzahn-Jogginganzug nicht angezogen hatte. Das wäre die perfekte Gelegenheit gewesen."

Der Zug-Anzug

Das Geheimnis um das Brautkleid bleibt bis zum letzten Moment spannend. Es soll ja Unglück bringen, wenn der Bräutigam das Hochzeitskleid vorher sieht. Brautmutter, Schwiegermutter in spe und Freundinnen zelebrieren den Kauf des Kleides mit Sekt und viel Drumherum zur Freude des Hochzeitsausstatters.

Es gibt aber auch Herren, die ihre Braut am Hochzeitstag gerne überraschen möchten. Diese gehen, meist mit ihren Freunden, auf Einkaufstour, um den richtigen Anzug zu finden. Ich habe selten gehört, dass Väter oder Schwiegerväter mit dabei sind. Ihre Lebenserfahrung schützt sie, denn sie wissen, dass das andere Geschlecht immer etwas zu nörgeln hat. Sie wollen nicht schuld sein.

Ben wollte etwas ganz Besonderes, nichts von der Stange. So entschied er sich, bei einem renommierten Herrenschneider in Hamburg seinen Anzug maßgerecht anfertigen zu lassen. Ein Anzug mit Weste aus guten Stoffen, wie man so schön sagt. Ben hatte genaue Vorstellungen, der Herrenschneider gute Ratschläge und das nötige Handwerksgeschick. Es gab zwei Termine zur Anprobe. Der Anzug wurde perfekt, ein absolutes Unikat, vom Preis ganz zu schweigen. Ben war zufrieden und freute sich auf den begeisterten Blick seiner Braut und alle Bewunderungen, die es am Hochzeitstag geben würde, für ein wunderschönes Brautpaar, stilvoll und glamourös.

Etwa drei Tage vor der Hochzeit holte er die wertvolle Maßanfertigung ab. In einer blickdichten Anzughülle, andere würden sagen: Kleidersack, transportierte Ben das gute Stück per Bahn heim nach Schwerin. Er hängte es an den Kleiderhaken an seinem reservierten Sitzplatz, gleich neben dem Fenster. Im Zug packte er den Laptop aus. Man konnte noch dies oder jenes erledigen, schreiben, recherchieren oder sonstige wichtige Geschäfte erledigen. Vertieft in seine Gedanken, vergingen 60 Minuten Bahnfahrt wie im Flug. Ben merkte überhaupt nicht, dass der Zug schon auf Gleis 2 im Schweriner Hauptbahnhof einfuhr und anhielt. Die Reisenden stiegen alle aus und ein. Total erschrocken nahm er seinen Zielbahnhof nun doch wahr. Schnell klappte er den Laptop zu, schnappte seine Sachen und schaffte es gerade noch in letzter Sekunde auszusteigen. Schon rollte der Zug zur Weiterfahrt wieder leise an. Und, ihr ahnt es schon, mit dem Zug der Anzug. Ben sah ihn noch im Fensterwinkel davonschleichen. Er streckte seine Arme aus, um nach ihm zu greifen. Er lief noch ein Stück neben dem Zug her. Halt! Halten Sie den Zug an! Das wäre jetzt der Augenblick, die Notbremse zu betätigen, um den Zug zu stoppen. Funktioniert aber nur, wenn man sich im Zug befindet. Voller Panik rannte Ben dem Zug immer noch hinterher, aber der war schneller. Es war ja auch ein ICE.

Er suchte panisch nach der Schaffnerin auf dem Bahnsteig. Wie verzweifelt er ihr sein Unglück auch schilderte, auch sie konnte den Zug nicht mehr bremsen. Alle Wartegäste auf dem Schweriner Hauptbahnhof bekamen diese Tragik mit und litten mit dem jungen Bräutigam. Keiner wollte jetzt in seiner Haut stecken. Die nette Dame in ihrer perfekt sitzenden blauen Dienstuniform beruhigte Ben und versicherte, dass sie seinen Anzug wieder in die Heimat zurückholen würde. Sie telefonierte sofort mit der Zugbegleiterin des ICEs. Und ja, der schwarze Kleidersack mit dem edlen Anzug hing noch im Abteil und konnte von ihr sichergestellt werden. Sie war sehr froh, dass es sich nur um eine Fundsache handelte und kein Kind im Zug vergessen wurde. In Rostock trat der Anzug dann die Rückreise nach Schwerin an. Die zuverlässige Zugbegleiterin übergab die Fundsache der Zugbegleitung des anderen ICEs zur Weiterfahrt nach Schwerin. So reiste der Anzug durch unser schönes Mecklenburg bequem und sicher. Mit größter Ungeduld, vergleichbar mit dem Warten auf die Ankunft seiner Liebsten, pochte Bens Herz immer schneller, als die Einfahrt des ICEs aus Rostock angekündigt wurde und er auf Bahnsteig 3 einfuhr. Freudestrahlend konnte er nach fast drei Stunden endlich den Kleidersack mit seinem perfekt maßgeschneiderten Hochzeitsanzug in die Arme nehmen und ließ ihn bis nach Hause nicht mehr aus den Händen. Ein Hoch auf unser deutsches Bahnpersonal.

Stille Wasser

Auch folgende Hochzeit wurde perfekt geplant und mit allem Pipapo vorbereitet. Die romantische Trauung mit allen Gästen wurde auf Schloss Hasenwinkel vollzogen, das Hochzeitsfest danach auf dem Gelände vom schönsten und berühmtesten Haus von Neukloster, dem alten Fischerhaus. Das Paar hatte es schon lange vorher für das ganze Wochenende gebucht. Dort wurde ein großes Festzelt aufgebaut. Der Bräutigam, sehr umsichtig, wies vorher alle Gäste an, nicht auf den Steg zu gehen oder im See zu baden. Es sollten keine Planschereien oder gar Badeunfälle geben.

Doch scheinbar wollten sich nicht alle an seine Anweisungen halten. Denn die Cousine der Braut zog kurzentschlossen ihr Partykleid aus und sprang ins Wasser. Nein, es war ihr nicht zu heiß, und sie wollte nicht baden gehen. Was also dann? Kurz zuvor sah man, wie die Fotografin zur Trauzeugin eilte und ihr ganz panisch etwas ins Ohr flüsterte. Um schöne Fotos mit Hintergrundblick auf den Neuklostersee zu machen, hatte sie die Trauringe auf dem Bootssteg schmuckvoll dekoriert. Und was passiert? Ihr ahnt es schon, ein Ring plumpste ins Wasser und verschwand in den dunklen Tiefen des Neuklostersees. Na gut, tief ist ein wenig übertrieben, am Steg misst das Lot vielleicht 1,70 Meter. Dafür ist es dort schön schlammig und finster. Kein Ostseestrand.

Jetzt setzte ein hektischer Rummel ein! Alles, was Beine hatte, stand nun am Ufer. Wie konnte so etwas passieren? Konnte sie nicht aufpassen? Der schöne Ring! Zudem war es auch schon der Verlobungsring.

Die arme Fotografin. Der Tag war für sie gelaufen oder besser gesagt ins Wasser gefallen. Sie wäre am liebsten hinterher gesprungen und abgetaucht. Die Cousine konnte den Ring natürlich nicht finden. Der Bräutigam musste nun seine Braut trösten, und wie er später sagte, noch viel mehr die junge Fotografin. Welche besänftigenden Worte er wohl benutzt hat? Ist nicht so schlimm? Kann ja mal passieren? Aber was nützte es, das Fest musste ja irgendwie weiter gefeiert werden. Und das taten sie dann auch.

Zum nächsten Tag wurde ein Taucher bestellt. Der suchte vorsichtig mit einer starken Unterwasserleuchte. Und tatsächlich ... er fand den Ring! Der

Taucher war der Held des Tages! Daran hat nun keiner mehr geglaubt. Da war die Freude groß und das Hochzeitsglück noch viel größer. Der Ehering, das Symbol von Liebe und Treue, hat die Wassertaufe überstanden und wird als Zeichen von ewiger Beständigkeit die junge Ehefrau ein Leben lang an diesen aufregenden Hochzeitstag erinnern. Der Bräutigam streifte seiner Braut nun zum dritten Mal den Ring an den Finger. Ja, aller guten Dinge sind eben drei.

Aller guten Dinge sind vier

Es war eine meiner ersten Trauungen. Ich war 32 Jahre, also noch ziemlich jung. Das Brautpaar hingegen, sagen wir mal, war sehr reif. Zur Anmeldung der Eheschließung fragte ich das Brautpaar, wie oft sie schon verheiratet waren. Die Frau erklärte, dass es sich jetzt um die zweite Eheschließung handeln würde, der Mann, dass er schon zweimal verheiratet gewesen wäre und nun die dritte Ehe einginge. Das Paar unterschrieb die Niederschrift der Anmeldung und somit auch, dass man treu und gewissenhaft die Wahrheit gesagt und nichts verschwiegen habe. Ich musste später allerdings feststellen, dass der Bräutigam bereits dreimal verheiratet war. Zur Feststellung der Ehefähigkeit beider Ehewilligen wird immer nur die rechtmäßige Auflösung der letzten Ehe nachgeprüft. Diese Dokumente lagen vor und waren völlig in Ordnung. Dennoch waren die Angaben in der Anmeldungsniederschrift bezüglich der Anzahl der Vorehen des Mannes nun eben nicht mehr wahrheitsgemäß. Ich rief den Bräutigam an und bat ihn, in den nächsten Tagen bei mir vorbeizuschauen, bevor geheiratet wird. Es war schon irgendwie eine blöde Situation. Nicht nur mir war es peinlich zu fragen, ob er eine Eheschließung vergessen hatte, auch ihm war es peinlich, bei der Anzahl seiner Verflossenen gemogelt zu haben. Er erklärte: „Nun ja, vergessen habe ich es nicht. Nur meine Künftige weiß es nicht. Ich habe ihr nur von zwei Ehefrauen in meinem Leben erzählt. Irgendwie ist es mir unangenehm, dass ich schon dreimal geschieden bin. Zeugt nicht gerade von Stetigkeit, oder? Und außerdem, fragte ich sie: ‚Aller guten Dinge sind drei. Möchtest du meine Frau werden?‘" Ich musste ihm natürlich recht geben, dass es blöd klingt, wenn man gesagt hätte, aller guten Dinge sind vier. So geht die Redensart ja auch nicht. Wie auch immer, ich riet dem eheerprobten Bräutigam, seiner Verlobten die Wahrheit noch vor der Hochzeit zu sagen. Frauen kriegen nämlich alles raus! Sie könnte es später als Vertrauensmissbrauch werten. Und außerdem muss auch die künftige Frau die Berichtigung in der Niederschrift zur Kenntnis nehmen und gegenzeichnen. Schweren Herzens verließ der Mann das Rathaus, denn die bevorstehende Beichte machte ihm Sorgen. „Nur Mut", sagte

ich, geradeso als wenn ich sein Paartherapeut wäre. Dabei hätte ich seine Tochter sein können. Irgendwie tat er mir leid. Aber alle Sorgen waren umsonst. Die Liebe ist stärker und verzeiht. Am Hochzeitstag kam das Paar sehr glücklich und entschlossen, der Mann überaus gut gelaunt und erleichtert. Zwinkernd flüsterte er: „Sie weiß jetzt alles!" Für den Mann ist es bei dieser vierten und letzten Hochzeit geblieben, und somit führt er nun die längste Ehe in seinem Leben. Die vierte Braut war die Richtige. Nach 25 Jahren Ehe gratulierte ich dem Silberhochzeitspaar mit lieben Worten in einer hübschen Glückwunschkarte. Natürlich erwähnte ich nichts von dem kleinen Vorfall, der mich irgendwie immer schmunzelnd an dieses Paar erinnert. Kurz darauf erhielt ich eine nette Postkarte mit diesen schönen Zeilen: Überraschung gelungen, liebe Frau Wendt, wir sind noch am Leben (ich 86) gesund und munter und haben die Gemeinsamkeit gemeistert und genossen. Natürlich erinnern wir uns auch noch an die Trauung und meinen Lapsus bei Ihrer Befragung. Wir haben uns sehr gefreut, als wir Sie im Fernsehen gesehen haben. Hut ab für Ihre vielseitige Arbeit. Mögen Sie weitere 25 Jahre Trauungen vollziehen. Bleiben Sie gesund!
Nun solange werde ich nicht mehr bleiben. Bleiben wird diese schöne Geschichte.

(Vielleicht fragen Sie sich, woher ich weiß, ob eine Ehe noch besteht? Hier kurz die Antwort: Wird in Deutschland eine Ehe geschieden, erhält das Standesamt, welches diese Ehe geschlossen hat, vom Amtsgericht die Mitteilung über die rechtskräftige Scheidung und trägt diese Auflösung in das jeweilige Eheregister ein. Dieser Standesbeamte wiederum lässt diese Information dem Einwohnermeldeamt zukommen. Das Einwohnermeldeamt ist indirekt mit anderen wichtigen Institutionen verknüpft, so dass am Ende zum Beispiel auch das Finanzamt die neue Steuerklasse für Alleinstehende regelt. Der gleiche Kreislauf setzt sich in Gang, wenn ein Partner verstirbt. Der Standesbeamte, welcher den Sterbefall beurkundet, sendet dem Eheschließungsstandesamt die Sterbefallmitteilung. Durch die Eintragung des Todes im Eheregister ist auch diese Ehe aufgelöst.)

Der Ring mit dem blauen Stein

Manja war sehr traurig, als sie den Silberring verloren hatte. Ein Erbstück, an dem sie hing, das sie an die geliebte Großmutter erinnerte, den sie mit Liebe und Stolz trug. Der hellblaue Aquamarin war in den Jugendstil-Silberring eingefasst. Das Edelmetall hatte bereits eine sehr schöne Patina, vintage-modern eben.

Christian wusste, dass es seine Manja glücklich machen würde, sollte sie irgendwann diesen Ring wiederfinden. Plötzlich kam ihm eine wunderbare Idee. Der Verlobungsring sollte genauso aussehen wie dieser verlorene Schmuck. Er suchte alte Fotos, auf denen Manja diesen Ring trug. Diese Bilder wurden in allen Ansichten vergrößert und dienten dem Goldschmied, na gut, in diesem Fall dem Silberschmied, als Vorlage. Der Mann verstand etwas von seinem Handwerk und machte seine Arbeit gut. Das Silber wurde nachgeschwärzt. Mit kleinen Kratzern wurden Gebrauchsspuren imitiert. Das Duplikat konnte mit dem verlorenen Original mithalten und sah nun zum Verwechseln gleich aus. Der perfekte Verlobungsring! Dazu gehörte auch ein perfekter Heiratsantrag.

Im Herbst ging die Reise nach New York. Der Antrag sollte romantisch, schön und unvergesslich werden. Nach einem ausgedehnten Frühstück im Hotel war eine Pferdekutsche bestellt, die das Liebespaar dann durch den Central Park fuhr. Die Bäume leuchteten herbstlich bunt. Die Sonne schien. Den Ring versteckte Christian in der Manteltasche, sofort griffbereit, immer für den richtigen Moment parat. Manja war von den Eindrücken der Stadt überwältigt und redete und redete. Christian hatte seine Worte tausendmal geübt, aber er kam nicht dazu, sie auszusprechen.

Nach der Kutschfahrt gab es einen Stadtbummel. Was wäre dieser ohne einen Besuch bei Tiffany in der 5th Avenue? Dort gab es edle Klunker und natürlich auch Verlobungsringe. Manja war überwältigt von den Eindrücken und redete und redete. Gerne hätte sie sich hier einen schönen Ring ausgesucht. Ja, sie war sogar ein bisschen enttäuscht, dass Christian ihre Lust dazu ignorierte. Wieder kam er nicht dazu, seine Worte auszusprechen.

Es gab noch so viel in dieser Weltmetropole zu sehen. Manja war immer wieder überwältigt von den Eindrücken und redete und redete. Nach vielen verpassten Momenten hielt es Christian nun doch nicht mehr aus. Mitten auf dem Gehweg, zwischen Baustellen und rastlosen Passanten, zwang er Manja endlich stehen zu bleiben. Fragend schaute sie ihn an. Er kniete sich vor ihr hin, zauberte die hübsche kleine Schachtel heraus, öffnete diese ganz feierlich, holte tief Luft und wollte nun endlich die Sätze aussprechen, die er schon seit Wochen geübt hatte.

Manja riss die Augen auf, konnte kaum glauben, was sie sah, war einen kurzen Moment sprachlos. Dann aber jubelte sie laut, noch bevor Christian ein Ton sagte. „Ohhhhhh, du hast ja meinen Ring wiedergefunden!?" Sie griff nach dem Ring und streifte ihn sich sofort auf ihren Finger. Immer wieder wirbelte sie mit den Händen und war überwältigt von diesem Eindruck und redete und redete, was für eine tolle Überraschung das doch wäre und überhaupt, wo war der Ring, wo hast du ihn gefunden?

Und Christian? Wortlos, enttäuscht über Manjas Reaktion. Die Worte waren doch noch immer in seinem Kopf. Er nahm jetzt alle Sinne zusammen und sprach aus, was er den ganzen Tag schon sagen wollte. Endlich!

Und Manja? War überwältigt und … sagte schließlich nur ein einziges Wort: JA!!!

Vier Hochzeiten und eine Traumreise

Vor einigen Jahren teilte mir ein Paar mit, dass sie sich beim Sender VOX für die Hochzeits-Dokumentation ‚4 Hochzeiten und eine Traumreise' beworben hätten. Dazu treten vier Brautpaare gegeneinander mit dem Ziel an, eine paradiesische Hochzeitsreise zu gewinnen. Es gehören jeweils drei Bräute zu den Gästen der vierten Braut und bewerten deren Hochzeit anhand verschiedener Kriterien wie Ambiente, Brautkleid, Essen. Das Gewinnerbrautpaar geht auf Traumreise, die anderen gehen leer aus. Man fragte mich, ob ich einverstanden wäre, wenn ihre Hochzeit von VOX begleitet würde. Also, ganz ehrlich, kein Standesbeamter wird gerne gefilmt und schon gar nicht für eine Bewertung. Ich bat um Bedenkzeit. Die Leute vom Sender meldeten sich persönlich bei mir. Ich informierte die Zuständigen in der Chefetage. Dort hatte man nichts dagegen und überließ mir die Entscheidung selbst. Schließlich war es ja auch eine gute Werbung für das Amt.

Ich frage mich bei ähnlichen Gelegenheiten jedes Mal, warum sich Paare so etwas antun? Den ganzen Hochzeitstag, von morgens bis in die Nacht, wird gefilmt. Alles wird aufgenommen. Dann muss man während der Sendung die Kritik der anderen Bräute und die Kommentare von Moderator Matthée Froonck ertragen, einem bekannten Hochzeitsplaner.

Aber gut, ich willigte unter der Bedingung ein, dass ich mir nichts vorschreiben lassen möchte und alles so mache wie immer, dass meine persönliche Traurede nicht aufgenommen werden darf. Außerdem sollte das Kamerateam möglichst nicht im Wege stehen.

Als ich am Tag der Trauung früher als sonst auf Schloss Hasenwinkel eintraf, saßen die drei anderen Bräute vor dem Gebäude auf der Bank. Ich ging gleich auf sie zu und wollte sie freundlich begrüßen und kurz mit Ihnen plaudern. Sie starrten mich entgeistert an. Es kam auch umgehend eine Dame vom Sender und bat mich, Gespräche zu unterlassen. Pikiert dachte ich, das fängt ja gut an! Mir wurde erklärt, dass ich mich diesen Frauen gegenüber neutral verhalten müsse, um ihre Bewertung nicht zu beeinflussen. Naja!

Im Foyer des Schlosses erwartete mich der junge Bräutigam in seinem festlichen Anzug. Ich musste mir gleich mal Luft machen und blubberte: „Da draußen sitzen aber auch komische Bräute! Ich denke, Sie haben die Beste von allen abbekommen! Mit ihr allein schon, haben Sie gewonnen!" Sofort nahm er den Zeigefinger vor den Mund, schlug sein Jackett auf und zeigte mir das Mikrofon mit seinen Verkabelungen. „Psst, ich bin doch schon mit der Aufnahme verbunden."

Ich lief rot an, schaute mich hektisch um, ob jemand filmen würde. Es war keine Kamera zu sehen. Wurden meine lauten Gedanken mitgeschnitten? Wenn das jetzt in die Sendung übernommen werden würde. Auf solche Patzer wartet man doch nur! Und das würde dann bestimmt nochmal besonders genüsslich ausgeschmückt werden.

Ehrlich gesagt, waren es ja eigentlich auch nicht die drei Damen, die mich in diesem Moment grämten, sondern viel mehr der Umstand, dass man mir Verhaltensanweisungen gab. Damit kann ich schlecht umgehen. Später unterhielt ich mich mit der zuständigen Frau, die mich vorher um Zurückhaltung gebeten hatte. Sie klagte, dass es kein leichter Job sei, tagelang hintereinander bis in den Morgen Leute in Feierlaune zu filmen. Das wäre zermürbend und die Sehsucht nach ihrem Zuhause und dem eigenen Bett wüchse stündlich. Das machte sie mir dann doch irgendwie sympathisch.

Auf jeden Fall hielt sich das Fernsehteam an meine Bitte. Sie filmten den ganzen Ablauf und sparten meine Rede aus. Ich fand die Trauung im Schlosspark bei absolutem Kaiserwetter sehr gelungen. Das Brautpaar hatte weder Kosten noch Mühen gescheut und wirklich alles nett herrichten lassen. Das Drumherum im Schloss Hasenwinkel ist ohnehin perfekt. Und am Brautpaar selbst war nichts zu bemängeln. Sie wirkten glücklich und sahen wundervoll aus. Für mich wäre es die Traumhochzeit! Ich weiß nicht mehr, was die anderen Bräute auszusetzen hatten. Froonck, der Moderator, kommentierte später die Trauzeremonie im TV: „Es war nicht so feierlich wie in einer Kirche!" Froonck, ich bitte Sie, Sie können nicht Äpfel mit Birnen vergleichen! Am Ende belegte mein Paar nur den zweiten Platz. Keine Traumreise! Schade, ich hätte es meinen beiden jungen Leuten gegönnt.

Und viel wichtiger ist doch ein langer, glücklicher, gemeinsamer Weg in Liebe, Frieden und Gesundheit.

Am Tag nach der Trauung rief ich beim Sender VOX an und fragte sicherheitshalber nochmal nach. „Wissen Sie, ich habe im Foyer etwas zum Bräutigam gesagt, das war persönlich. Haben Sie das etwa mitgehört?" Die Antwort war: „Ja klar!" Die Dame beruhigte mich indem sie sagte, solange keine Kamera auf uns gerichtet wäre, dürften sie Gespräche und Aussagen nicht veröffentlichen. „Schade eigentlich", meinte sie. „Gott sei Dank!", meinte ich.

Alles im Kasten

Der NDR möchte über die schreibende Standesbeamtin im Nordmagazin berichten. Ob das wirklich so eine gute Idee ist?

„Aber klar, wir machen das schon nett", sagte der Kameramann. Ich sollte ihm und seinem Team vertrauen.

Also gut. So begann ein aufregendes Unterfangen. Ich machte mir natürlich zuerst darüber Gedanken, was ich anziehen sollte, um damit vorteilhaft ‚rüber zu kommen'. Typisch Frau eben. Dann erarbeiteten wir gemeinsam ein kleines Konzept. Wir besprachen, was gezeigt werden sollte, und vor allem, worüber ich erzählen sollte. Ein bisschen Bammel hatte ich schon. Der Rat, so natürlich zu sein wie immer, war gut gemeint, aber das ist leicht gesagt.

Mein Mann wollte nichts damit zu tun haben. „Du bist die Rampensau, nicht ich!", war seine Antwort, als ich ihn fragte, ob wir das beide gemeinsam durchziehen könnten.

Die erste Szene fand in unserem Haus statt. Ich habe gewienert und geputzt. „Geh mit den Hunden in den Wald", befahl ich meinem Mann. So hatte ich die Gewissheit, dass die Hunde mir nicht durch die geputzte Küche toben würden und alles wenigstens für ein paar Stunden sauber bliebe. Ich durfte später im Fernsehen feststellen, dass meine Küche ganz passabel aussah. Sie kriegen das echt gut hin mit ihren Hochleistungskameras.

So saßen wir also an meinem Küchentisch, und ich habe erklärt, was mich dazu bewogen hat, Geschichten zu erzählen und zu schreiben. Diese Aufnahmen wurden drei- bis viermal gedreht. Das Gute ist ja, dass man die Chance hat, Aufnahmen, die einem nicht gefallen, erneut zu drehen, bis sie so sind, wie sie sein sollen. Es war tatsächlich so, wie man das aus Filmen kennt: „Klappe die Erste!", „Klappe die Zweite!" Ja und dann können die vom Hanse-TV wirklich tolle Arbeit leisten. Was als nicht gelungen erschien, wurde später raus geschnitten, anderes wurde passend zusammengebastelt.

Die zweite Szene war eine Lesung im Innenhof eines Cafés der Stadt. Hier muss ich eingestehen, dass dieses Lokal nicht meine Entscheidung war. Der

Sender hat diesen Drehort gewählt. Ich lese sonst immer in der Gaststätte „Klönstuw" von Christian und Margitta Winter. Bei ihnen bekomme ich seit vielen Jahren meine Bühne für *Bitte wend(t)en!*, die Bude ist dann immer gerammelt voll. Wenn man dort einen Platz reservieren möchte, muss man schnell sein. Margitta und Christian, ich hoffe, ihr habt mir verziehen, dass ich mich nicht durchsetzen konnte. An dieser Stelle sage ich mal ganz offiziell herzlichen Dank für eure Hilfsbereitschaft, für die stetige Unterstützung bei meinen Lesungen. Ihr sorgt immer dafür, dass die Zuhörer nicht verdursten und verhungern.

Zur gefilmten Lesung nun in diesem Innenhof vom Café habe ich liebe Freunde und Bekannte eingeladen. Gebt es zu, ihr kamt nur, weil ihr auch schon lange mal ins Fernsehen wolltet! Ihr saht aber auch alle gut aus. Ihr wart ein tolles Publikum. Danke für euren Applaus und vor allem für die vielen netten Worte, die ihr für mich vor der Kamera gefunden habt. Ich habe mich selbst neu kennengelernt.

Für die dritte Szene sollte ich ein Brautpaar finden, das mit den Filmaufnahmen einverstanden sein würde. Ich hatte Glück. Es fand eine kleine feine Trauung im Gutshaus Jesendorf statt. Das Brautpaar war offen und freundlich, sehr bodenständig und bescheiden. Die Kleidung würde ich als alternativ bezeichnen. Es passte wunderbar in mein Konzept. Die Braut trug ein schönes Leinenkleid und einen Sommerhut. Der Bräutigam hatte sich extra ein Hemd aus Hanf-Leinen anfertigen lassen. Das Journal „Landlust" hätte seine wahre Freude an ihnen gehabt. Schade, dass ich die nicht auch noch engagiert habe.

Nachdem ich nun ein paar Stunden Kameraerfahrung hinter mir hatte, ging mein anfängliches Lampenfieber bald vorüber. Ich führte die Trauung in gewohnter Selbstverständlichkeit durch. Das Brautpaar ignorierte die beiden Kameramänner, die sich unauffällig im Raum bewegten. Sie konnten sich mit ganzem Herzen ihrem „Ja"-Wort hingeben. Alles ging gut, ich war erleichtert.

Für die Besitzer vom Gutshaus Jesendorf war das Filmchen natürlich eine tolle Werbung. Zum Dank haben sie die kleine Hochzeitsgesellschaft zu Kaffee und Torte eingeladen. Eine schöne Geste. Alles wirkte authentisch und nicht überheblich. Genauso habe ich mir das vorgestellt. Die Hochzeitsgesellschaft setzte später ihre Feier zu Hause fort, dann natürlich ohne Kamera.

Der Kurzfilm wurde wirklich ein kleines Meisterwerk. Alles wurde mit passender Musik untermalt und von der freundlichen Stimme der NDR-Autorin Kathrin Klein begleitet. Insgesamt wurden über 10 Stunden Dreharbeit, die Bearbeitungszeit gar nicht mitgerechnet, in 4 Minuten Sendezeit gepresst. Viele Menschen haben an dieser Produktion mitgewirkt. Ich frage jetzt mal nicht, ob das effektiv war. Immerhin wurde dieser Beitrag viermal zu den besten Sendezeiten ausgestrahlt. Ein schönes Statement für mich. Danke, lieber NDR!

Sabotage

Und weil wir gerade beim Thema sind, gleich noch ein TV-Erlebnis. Kurz nachdem der kleine Beitrag im NDR ausgestrahlt wurde, rief mich doch tatsächlich der bekannte plattdeutsch sprechende Fernsehmoderator Yared Dibaba an und lud mich zur Sendung „Mein Nachmittag" ins NDR-Fernsehstudio nach Hamburg ein. Ich war so überrascht, dass er mich anrief, und konnte kaum glauben, dass „ER" am anderen Ende war. Ich fragte sicherheitshalber noch einmal nach, ob er es wirklich wäre. Leider musste ich ihm erst mal beichten, dass ich diese Sendung gar nicht kennen würde, weil ich wochentags nie nachmittags fernsehe. Für alle, denen es genauso geht, „Mein Nachmittag" war eine Livesendung direkt aus dem NDR-Studio in Hamburg, die von 2008 bis 2021 wochentags von 16.20 bis 17.10 Uhr lief. In dieser Infotainment-Sendung wurde über Land und Leute berichtet, es wurden Reisetipps und Ratschläge erteilt, es wurde gekocht und gebastelt. Interessante Leute wurden eingeladen, die etwas zu erzählen hatten. Herr Dibaba meinte, ich würde als Standesbeamtin und Hobbyautorin gut in die Sendung passen. Ich fragte: „Ist das nicht alles live?" Er antwortete: „Jo! Öwer du kannst dat. Ik heff di seihn, du büst nicht bang!" Na dann!
So fuhr ich also mit meiner Freundin Ute, die auch Standesbeamtin ist, am 13.09.2017 prompt nach Hamburg. Das heißt, Ute ist gefahren. Ich wäre durch den Großstadt-Verkehrsdschungel niemals pünktlich und sicher angekommen, allein schon vor lauter Aufregung. Vorab habe ich übrigens eine Checkliste bekommen, was auch meine Kleidung betraf: Nichts Schwarzes, nichts Weißes, nichts Gestreiftes und nichts mit kleinen Punkten. Das leidige „Waszieheichan"-Frauenproblem wurde dadurch nicht kleiner, im Gegenteil. Ich verschweige jetzt, wie oft ich meinen Mann mit der Frage genervt habe, ob ich dieses oder jenes tragen sollte. Um es kurz zu machen, ich ließ mich im Modeladen „Ulla Popken" beraten und einkleiden. Es wurde eine blaue gemusterte Bluse, die geschickt kaschierte, und eine schicke Hose.
Das Gebäude des Norddeutschen Rundfunks in Hamburg ist nicht nur ein Haus, es ist eine ganze Kleinstadt. An der Einfahrt wies uns ein Pförtner

den richtigen Weg, damit wir uns nicht darin verfahren würden. Dort trafen wir auf zwei nette Herren, beide in unserem Alter, die zur gleichen Sendung eingeladen waren. Es war der Koch von „Zur Schleuse" in Lilienthal, der in der Livesendung ein Fischgericht kochen sollte. Auch er wurde von seinem besten Freund begleitet. Sie hießen auch noch Jürgen und Norbert, genau wie unsere Männer. Wir vier verstanden uns von Anfang an super und hatten viel Spaß. Dieser Tag gab uns die Möglichkeit, hinter den Kulissen des NDR zu luschern, was wir neugierig alles in Augenschein nahmen. Wir wurden gut versorgt und umsorgt. In der Kantine zur Mittagszeit trafen wir auf viele bekannte Gesichter, die wir sonst nur im TV sahen. Am Herrlichsten war es in der Maske, wo ich perfekt geschminkt und gestylt wurde. Ich wollte ständig ausbremsen, dass es doch jetzt genug Schminke wäre, aber die nette Dame meinte, ich sollte ihr vertrauen. Im Scheinwerferlicht wirkt das später alles anders. Tatsächlich würde ich mich so stark niemals anmalen. Naja.

Nach einem kurzen Gespräch mit den Moderatoren ging es dann direkt ins Studio der Übertragung. Viele Scheinwerfer hingen an der Decke und wurden ständig ein- und ausgeblendet, viele Kameras schwenkten durch die Gegend, und viele Leute arbeiteten außerhalb des Rampenlichts. Übrigens stand nebenan das rote Sofa. Ich ließ es mir natürlich nicht nehmen, mich darauf zu setzen, damit ich später prahlen konnte, dass ich schon mal auf dem roten Sofa gesessen hätte.

Jetzt kam noch einmal die Stylistin und puderte uns den Glanz von der Stirn. Pünktlich um 16.20 Uhr erklang ein Signal, und es ging los. Ich war so nervös und angespannt. Aber die beiden Moderatoren Yared Dibaba und Kristina Lüdke verstanden etwas von ihrer Arbeit. Schnell verwickelten sie mich in ihre Gespräche, und ich wurde allmählich ruhiger. Während die beiden ständig ihre Karteikärtchen in den Händen hielten und ihre Fragen und Notizen ablesen konnten, musste ich meine Antworten ad hoc erzählen. Es war alles live. Nichts mit „Klappe die Erste! Klappe die Zweite!" Alles, was ich dort sagte, wurde sofort in die Wohnstuben der Zuschauer übertragen. Ich dachte nur: Erzähl bloß keinen Blödsinn, versprich dich nicht, rede langsam, sitze ordentlich. Wir sprachen über meine Arbeit und über meine Lesungen. Es wurden Bilder eingeblendet, und ich gab dazu Erklärungen. Ganz ehrlich? Besonders bei Yared Dibaba fühlte man sich gleich total norddeutsch zu Hause und sauwohl. Obwohl seine Wurzeln sichtbar nicht norddeutsch sind. Er ist aber auch ein echter Pfundskerl! Zwischendurch richteten sich die Kameras immer wieder auf die NDR-Küche, wo der Koch Fisch brutzelte und mit viel Witz sein Tun erklärte. Er hatte am Vormittag das Menü schon einmal komplett fertig gekocht, damit er jetzt in der Livesendung sagen konnte: „Ich habe da schon mal etwas vorbereitet!" Später durften wir seinen leckeren Pannfisch probieren.

Die Sendezeit von 50 Minuten verging wie im Fluge. So müssen sich die Paare immer fühlen, die bei mir im Trauzimmer sitzen. So viel Aufregung, und dann ist alles so schnell vorbei. Ich war so glücklich, dass es keine Pannen oder Aussetzer gab. Vor lauter Freude umarmte ich die beiden Moderatoren und war glücklich, dass alles so gut geklappt hatte. Wir machten natürlich noch schöne Fotos. Es war wirklich ein unvergessliches Ereignis, was einem nur einmal im Leben passiert. Diese aufregende Freude wirkte noch lange nach. So fuhren wir am Abend wieder heim. Zu Hause wollte ich natürlich gleich vom Gatten wissen: „Und wie war ich? Wie sah ich aus? Sag schon, dass ich zu doll geschminkt war." Er erklärte jetzt mit ruhiger Stimme: „Also, ich habe mir ein Bier geholt und es mir mit dem Hund auf dem Sofa gemütlich gemacht. Pünktlich habe ich den Fernseher angemacht. Aber dann… dann ging der Fernseher mit einem Mal aus." „Wie, der Fernseher ging aus?" „Na aus eben! Kein Bild!" Es ging tatsächlich nicht nur bei uns der Fernseher aus, sondern im ganzen Dorf. Warum? Weil es, man glaubt es nicht, genau von 16.20 Uhr bis 17.10 Uhr einen Stromausfall gab! Ganz genau diese 50 Minuten gab es im ganzen Ort keinen Strom. Es ist nicht zu fassen! Ich war live im Fernsehen zu sehen, und keiner aus unserem Dorf konnte es direkt anschauen. Einige ältere Damen hatten sich auch gemütlich bei Kaffee und Kuchen zusammengesetzt und wollten ihrer Heidi Wendt zuschauen, und dann, peng, wird es zappen duster. Ja sicher, die jungen Leute könnten jetzt sagen, dann muss man das Smartphone anmachen und dort gucken. Ja aber doch nicht unsere älteren Mitbürger und schon gar nicht mein Mann. Er hat heute immer noch ein ganz normales

Tastentelefon und ist ganz stolz darauf. Ich überlegte, wen ich in der letzten Zeit verärgert haben könnte. Wer ist so neidisch auf mich? Wer gönnt mir diesen Stolz nicht? War es am Ende Sabotage?

So kam es, dass ich eine Woche später alle, die es sehen wollten, in den Saal unserer Gemeinde einlud. Die Jungs von der Feuerwehr bauten den Beamer auf, so dass wir gemeinsam die Sendung „Mein Nachmittag" vom 13.09.2017 anschauen konnten. Es wurde ein sehr gemütlicher Abend bei Bier und Wein und Schmalzstullen. Vielleicht war das ja die Mission des Saboteurs! Alle kamen endlich mal wieder zusammen und hatten Spaß. Mission erfüllt!

Gut behütet

Und geheiratet wird immer im Ort der Braut. So ist es seit jeher Brauch. So sollte es auch bei Beate und Detlev sein. Es war März 1972. Zur Hochzeit sollten sich die Brauteltern auch zum ersten Mal kennenlernen. Der Brautvater, ein stadtbekannter Mann, Leiter des Sekundärrohstoffhandels - oder wie wir immer sagten, der Altstoffhändler - war ebenso laut wie beachtlich und nahm kein Blatt vor den Mund. (Der Altstoffhandel war eine wichtige Einrichtung in der DDR. Flaschen und Gläser, Zeitungspapier und Lumpen wurden von Haus zu Haus meist von den Jungpionieren eingesammelt. Der Erlös füllte die Klassenkasse auf.)

Detlevs Mutter war eine fidele, selbstbewusste Frau, die sich gern hübsch und modern - für norddeutsche Kleinstadtverhältnisse, sagen wir mal mutig - kleidete.

Beate nahm ihren Vater vorher zur Brust: „Vadder, tu mir einen Gefallen und halte dich mit deinen losen Bemerkungen zurück, wenn du Detlevs Mutter begegnest. Das ist eine ganz liebe Frau!" „Nee, wat denkst du denn von mi. Ik maak smucke Frugens doch geern."

Detlevs Mutter hatte sich schon zur Anreise mit dem Zug extra elegant angezogen. Zur Feier des Tages schmückte sie sich mit einem wunderschönen großen modernen Hut. Man sah, sie war eine Frau von Welt.

Beates Vater wartete vor dem Haus auf der Treppe. Weil er hier oft saß, hatte seine Frau immer darauf geachtet, dass er ein Sitzkissen benutzte. „So dat dat nich so koolt an'n Mors ward!" Er saß nun also da und schmöckte seine Zigarre. Gerade bog der Besuch aus dem Harz in die Kussiner Straße ein. Als der Brautvater Detlevs Mutter erblickte, prustete er laut los und konnte sich vor Lachen nicht mehr halten. "Wie sütt de denn ut? Ik mog mi in ne Büx! As ne Vogelscheuch! Ik lach mi slapp, ne dat hol ik nich ut. Dat gift doch nich!"

Tja, Beate hatte es ja schon geahnt. Aber im Lauf des Tages hatte sich der Brautvater an diesen Anblick gewöhnt, trank mit ihr auf das Glück ihrer nun miteinander verheirateten Kinder und verstand sich auch sonst mit dieser lebenslustigen Frau prima.

Scheinbar

„Heidi, wenn du unbedingt mal erleben willst, dass jemand ‚Nein' zu dir im Standesamt sagt, dann machen wir das für dich!", sagten meine Freunde in Bierlaune beim sommerlichen Grillen. Diese beiden sind kein Pärchen, eben nur Freunde und hätten auch nie die ernsthafte Absicht zu heiraten, jedenfalls nicht miteinander. „Das kann ich nicht, das wäre Vortäuschung falscher Tatsachen, noch schlimmer als eine Scheinehe!", sage ich. „Das weißt du doch nicht, wie sehr wir uns eigentlich lieben!", schmunzelten die beiden wieder und fragten: „Wie teuer wäre denn so eine Trauung?" Ich antwortete: „Erschwinglich. Eine Scheidung ist teurer!"
„Wie läuft so eine Trauung ab?" Ich erkläre es. „Gut, dann fragst du also zuerst immer den Mann, hmm, dann werde ich erst mal JA sagen, damit wir die Spannung erhöhen", meinte der Schlaumeier, „und meine Braut hier sagt dann NEIN!"
Ich entgegnete: „Blöd nur, wenn sie dann auch JA sagt."
Das Risiko wollte er nun doch nicht eingehen.

Marie

Manchmal sage ich scherzhaft zu meinem Sohn: „Wir müssen dir etwas ganz Schlimmes sagen. Du musst jetzt ganz tapfer sein! Du bist nicht adoptiert, du bist unser Kind!"

Während meiner Arbeit habe ich leider oft erfahren, dass sich manche Menschen wünschten, dass es sich um einen schlechten Scherz handelt, wenn sie erst bei mir im Standesamt erfuhren, dass ihre Eltern nicht die leiblichen Eltern waren, oder dass es einen anderen Vater und schlimmstenfalls offiziell gar keinen Vater gab. Allen Amtskollegen ist dies schon oft passiert, diese Wahrheit zu offenbaren, wenn der Blick in das Geburtsregister vor Ort, also im Geburtsstandesamt, zum ersten Mal fällig wurde. Mit der tiefen Verschwiegenheit der Eltern über die Identität ihres Kindes wird die Wahrheit manchmal mit ins Grab genommen. So erging es Marie. Ich habe Marie im Standesamt kennengelernt. Ihre Mutter war vor 15 Jahren und ihr Vater war gerade erst verstorben. Er war doch nur zu einer nicht spektakulären Operation im Krankenhaus! „Nichts Schlimmes", meinte der Vater zu Marie. Vorsorglich übergab er dennoch seiner geliebten und einzigen Tochter alle Vollmachten. Weiteres sollte geklärt werden, wenn er wieder zu Hause wäre. Der Vater verstarb jedoch im Krankenhaus, gerade erst 72-jährig. Ein tiefer Schlag für Marie und ihre Familie, besonders für die Enkel, die ihren Opa sehr liebten, der ihnen immer nahestand, weil ja auch alle gemeinsam in einem Haus lebten.

Beisetzung, Trauerfeier, Hinterlassenschaft regeln - das volle Programm - lag nun in Maries Händen. „Nein, auf dem Friedhof will ich nicht begraben sein!" Das war immer sein Wunsch, denn er wollte nicht, dass man viele Jahre sein Grab pflegen müsste. Es war ihm immer eine Freude, mit dem Boot auf dem See zu sein. Eine Seebestattung war genau in Vaters Sinne. Nachdem etwas Ruhe eingekehrt war, wollte Marie jetzt den Nachlass in Ordnung bringen. Das gemeinsame Haus der Eltern umschreiben lassen; eines der beiden erwachsenen Kinder sollte hier einmal einziehen. Noch standen beide Elternteile im Grundbuch. Später noch die Versicherungen kündigen und die Finanzen regeln. Dazu musste der Erbschein beim

Amtsgericht beantragt werden. Aber die Frau vom Nachlassgericht sagte, dass die Geburtsurkunde, die Marie ihr vorlegte, nicht vollständig wäre. Da steht doch kein Vater drauf! Auf die Frage, warum ihr Vater nicht in der Geburtsurkunde stünde, antwortete die Mutter zu ihren Lebzeiten stets: „Das war eben damals so. Bist ja vor der Hochzeit mit Papa geboren." Nie hatte ihre Mutter etwas anderes offenbart. Als die Mutter vor 15 Jahren starb, meinte der Vater, den Nachlass der Mutter jetzt noch nicht regeln zu müssen, das kostete ja auch extra Gebühren beim Amtsgericht. „Meine liebe Marie, du kriegst ja sowieso alles, wenn auch ich nicht mehr bin. Du bist ja mein einziges Kind!"

Marie kam mit ihrem Mann direkt vom Amtsgericht zu mir ins Standesamt. Schon von unterwegs telefonierte sie mit mir und erklärte ihr Anliegen, und ob sie sofort kommen könne. Sie brauchte eine neue Geburtsurkunde mit Vater und Mutter im Eintrag. Ich holte das Geburtenbuch von 1965 vor, um die Urkunde gleich zu schreiben. Beim Aufschlagen des Buches hatte ich schon so ein ungutes Gefühl, und es bestätigte sich: hier war kein Vater eingetragen! Aus dem Geburtenbuch ging hervor, dass die ledige Mutter, die zum Zeitpunkt in Schwerin lebte, ein Kind namens „Marie" geboren hatte. Kein Eintrag über eine Vaterschaftsanerkennung. Dafür zierten zwei dicke handgeschriebene Randvermerke den Geburtseintrag. Aus beiden ging hervor, dass die erziehungsberechtigte Mutter aufgrund zweier nach-folgender Eheschließungen dem Kind jeweils ihren Ehenamen erteilt hatte. So erhielt das Mädchen jeweils den neuen Familiennamen ihrer Mutter, den diese nach beiden Eheschließungen trug. Nach außen hin war also nicht ersichtlich, dass der Ehemann der Mutter nicht der Vater von Marie war. Sie trug lediglich seinen Namen. Marie hatte amtlich keinen Vater.

Als Marie und ihr Mann in meinem Büro saßen, versuchte ich diesen Ein-trag zu erläutern. Maries Augen wurden immer größer: „Das kann doch nicht wahr sein, dass ich keinen Vater habe! Ich heiße doch so wie mein Vater. Das muss doch jetzt alles ein Irrtum sein. Hat der Standesbeamte damals etwas vergessen einzutragen?" Ich holte die alte Sammelakte zum Geburtseintrag. Die Hoffnung, dass irgendwann eine Beischreibung zur Vaterschaft vergessen wurde, bestätigte sich leider nicht. Marie war entsetzt

und traurig, fing an zu weinen. Was nun? Marie hatte ihr ganzes Leben gemeinsam mit Vater und Mutter zusammengelebt. Als Kind und später als junge Frau teilte sie sich mit ihrer eigenen Familie und ihren Eltern ein Haus. Immer Tür an Tür lebend verging kein Tag ohne gemeinsam aufeinander Acht zu geben, sich nahe zu sein, sich gegenseitig zu unterstützen. Niemals ahnte Marie, dass ihre Eltern so ein tiefes Geheimnis bewahrten. Dass ihr Vater nicht ihr Vater war, dass ihre Mutter zweimal verheiratet war, dass bereits zweimal ihr Geburtsname gewechselt wurde. Marie war für ihren Vater nur ein Stiefkind. Darüber schwiegen ihre Eltern bis ins Grab. Die gesamte Erbregelung war in Frage gestellt. Aber vor allem auch das „Warum" und „Wessen Kind bin ich wirklich?" fanden keine Antworten mehr. Ich bot Marie meine Hilfe an, schrieb an die örtlichen Jugendämter mit der Bitte, in den Archivakten nach einer Vaterschaftsanerkennung zu suchen. Im Geburtenbuch des angeblichen Vaters war kein Hinweis auf ein Kind. Ich befragte das letzte Heiratsstandesamt, ob in der Sammelakte ein Hinweis zu finden wäre. Erfolglos. Marie musste jetzt die professionelle Hilfe eines Anwalts in Anspruch nehmen. Sie konnte lediglich das Erbe der Mutter nach über 15 Jahren antreten. Dieses bezog sich allerdings nur auf den prozentualen Anteil des Hauses, nicht den finanziellen Nachlass der Mutter, der nach 15 Jahren nicht mehr recherchiert werden konnte. Marie war nicht berechtigt, das Erbe des vermeintlichen Vaters zu beantragen. Nach der Erbfolge kämen jetzt die Geschwister des Verstorbenen in Frage. Deren Antwort setzte dem Desaster die Krone auf: „Wie wulln dormit nichts to daun hem! Dor ist doch noch een anner Kind!"
Ihr Vater hatte tatsächlich ein leibliches, eigenes Kind! Aber wo und wer war dieses Kind? Die Geschwister des Vaters konnten dazu nichts sagen. Niemals wurde über dieses Kind gesprochen. Marie suchte in den Papieren der verstorbenen Eltern und fand tatsächlich ein Babyfoto mit einem Datum. Auf Verdacht fragte ich im damaligen Heimatstandesamt nach, ob zu diesem Datum ein Kind geboren wurde. Bingo: An diesem Tag wurde ein Mädchen geboren! Hier gab es einen dicken Randvermerk, nämlich die Vaterschaftsanerkennung von Maries verstorbenen nunmehr „Stiefvater". Er hatte also tatsächlich ein eigenes Kind. Ein Erbkind.

Marie wollte diese Frau nun finden, und fand sie auch. Aufwendige Recherchen und mehrere Anfragen bei Einwohnermeldeämtern führten zum Erfolg und zur Adresse. Irgendwann standen sich diese beiden Frauen gegenüber, die wahre und die falsche Tochter. Die, die den Vater ihr Leben lang an ihrer Seite hatte und von Herzen liebte, und die, die das Erbrecht auf ihrer Seite hatte. Zwei Frauen auf der Höhe ihres Lebens, die unterschiedlicher nicht sein könnten. Weder vom Aussehen, noch von der Ausstrahlung, es gab keine Ähnlichkeiten. Es gab auch keine Umarmung, keine wohlige Verbundenheit, kein einziges Danke, dass Marie sich die Mühe der Suche gemacht hatte. Im Gegenteil, es gab bittere, schwere Beschuldigungen, Marie hätte von dieser Tochter gewusst. Es gab Vorwürfe, dass Marie ihren falschen Vater beigesetzt hatte, obwohl sie nicht die Tochter war und somit nicht das Entscheidungsrecht dazu hatte.

Die nun gefundene leibliche Tochter ließ all ihren Unmut an Marie aus, weil ihr Vater, aus welchen Gründen auch immer, sich nie um sie gekümmert hatte. Ihre eigene Mutter starb früh, so dass sie von Pflegeeltern aufgenommen wurde, bei denen sie aber dennoch in Liebe und Fürsorge aufwuchs. Das Erbrecht wurde von der leiblichen Tochter über Haus und Hof und Finanzen bis auf den letzten Cent in Anspruch genommen. Auch das Anrecht über die letzten persönlichen Sachen des Vaters. Es gab keine gütlichen Gespräche, keine Einigungen. Fast wöchentlich kam Post von versierten Anwälten, die die Rechte ihrer Mandantin einforderten. Im Gerichtssaal saßen sich die wahre und die falsche Tochter gegenüber, ihre Blicke begegneten sich kaum. Wie in einem Rachefeldzug musste Marie die Verhandlungen über sich ergehen lassen. Marie zahlte drauf, nicht nur Geld, vor allem Gefühle. Sie wurde von Vater und Mutter ungewollt betrogen. Das Lebenswerk, das sich die Eltern geschaffen hatten, vorausschauend einmal ihrer Marie zu hinterlassen, zerbrach wie ein Kartenhaus. „Du bist doch unser einziges Kind!" sagte der Vater stets und verdrängte die Realität und somit die bittere Wahrheit. Diese Wunschvorstellung hätte keine zu sein brauchen, wenn man zu Lebzeiten mit Marie geredet hätte. Einer Adoption hätte nichts im Wege gestanden und alles in Ordnung gebracht. In fast 50 Jahren wuchs aus der Unwahrheit ein Idealismus heraus. Die

Wahrheit wurde verdrängt, die Lebenslüge verformt und zurechtgebogen, bis die Eltern selbst daran glaubten. Ich möchte mir aber nicht anmaßen, zu verurteilen, dazu haben weder ich, noch ein anderer das Recht. Schamgefühl, Verwundbarkeit, Schutzgedanken und nicht selten Stolz waren und sind immer noch Beweggründe über die Verschwiegenheit der Mutter hinsichtlich des Kindesvaters.

So bleibt Marie in der Geburtsurkunde vaterlos. Die Frage nach ihrem wahren Vater, dem Erzeuger, nach ihrer eigenen Identität bleibt ungeklärt. Gemeinsam habe ich mit Marie den ersten Ehemann ihrer Mutter im Internet ausfindig gemacht. Er lebt heute in Kopenhagen. Es kam zu einem langen Telefongespräch. Marie erhielt Antworten auf Fragen über das Leben ihrer Mutter in jungen Jahren. Er erzählte ihr aus der Zeit, als sie noch eine gemeinsame Familie waren. 1966 lebte er zusammen mit ihrer Mutter, die damals als Krankenschwester arbeitete, und der kleinen Marie, in Güstrow. Diese Ehe dauerte nur zwei Jahre. Eine völlig neue Welt aus der Vergangenheit der Mutter offenbarte sich. Marie konnte sich nicht mehr erinnern, sie war zu klein. Aber auch dieser Mann konnte nicht sagen, wer ihr wirklicher Vater war. Maries Mutter hatte nie über ihn gesprochen. Angeblich sei er kurz nach Maries Geburt in den Westen „abgehauen".

Maries Schicksal hat mich so sehr berührt, dass ich ihr gerne beistehen wollte. Wir verabredeten uns damals in Schwerin. Als wir aufeinander zugingen, mussten wir beide herzlich lachen. Wir trugen die gleiche Jacke, die gleiche Jeans, das gleiche Tuch. Unsere Frisuren hatten die gleichen blonden Strähnchen. Wir sahen aus wie Geschwister. Der einzige kleine Unterschied war unsere Konfektionsgröße, die mindestens vier Nummern auseinanderlag. Wir umarmten uns, fühlten uns vertraut, durch ein Geheimnis miteinander verbunden. Da wir beide nie eine Schwester hatten, verschwisterten wir uns symbolisch bei Kaffee und Kuchen. Seitdem telefonieren wir, treffen uns gelegentlich und denken zum Geburtstag aneinander. Wenn wir uns begrüßen, sage ich: „Hallo kleine Schwester!" Sie darauf: „Hallo große Schwester!"

Wenn Sie, Vater von Marie, noch leben, dann möchte ich Ihnen sagen, dass Sie eine wunderschöne kluge Tochter haben, eine reife warmherzige Frau.

Haben Sie sich nicht auch schon manchmal gefragt, was aus ihr geworden ist? Geben auch Sie ihrem Herzen Ruhe und finden Sie Ihre Marie! Melden Sie sich bitte. Sie werden es nicht bereuen!

(Der Name von Marie ist natürlich ein anderer und wird nur bei korrekten und sachdienlichen Hinweisen durch Marie selbst offenbart.)

Ein Kirschbaum für Heinzi   Jürgen

Karl-Heinz ist viel zu früh gestorben. Sein Garten war seine größte Freude. Hier verbrachte er viele Stunden. Hier traf sich die Familie an den Wochenenden. Die Töchter und später auch die Enkelkinder spielten auf dem Rasen, während Christa, seine Frau, die Ernte zum Einmachen verarbeitete. Wir kauften einen Süßkirschenbaum, und am Tag seiner Beerdigung versammelten sich später alle im Garten. Der Baum wurde gemeinsam eingepflanzt.

Jetzt stehe ich hier,
in Heinzi´s Revier.
Viele Früchte werden an mir reifen.
Rot und süß, ihr braucht nur zuzugreifen.
Meine Blüten leuchten weiß,
bis in den Himmel hinein.
Sucht ihr Schatten, kehrt unter mir ein.
Für euch, meine lieben Enkel,
halt ich bereit meine süßen Geschenke.
Wenn ihr von mir nascht,
dann ist euch doch klar,
hier im Garten ist Opa immer noch da.
Was immer ihr tut,
er kann euch sehen,
also immer schön auf den Wegen gehen!
Ja nicht in den Beeten rumtrampeln.
Auf eurem Rasen könnt ihr genug rumhampeln.
Und wenn ich mal groß und mächtig bin,
stellt die Kirschen Oma in die Küche hin.
Die wird sie mit Freude für Euch wecken,
so könnt ihr noch Weihnachten von mir schmecken.

Hätte ich nein sagen sollen? Jürgen

Lange, lange, richtig lange ist es her, als ich vor dieser Frage stand. Ich war jung, unverbraucht und lebte ziemlich unbekümmert in den Tag hinein. Mit einmal war sie da, meine Freundin. Im Nachhinein weiß ich auch nicht, warum das alles so schnell ging. Ich meine, das mit dem Standesamt und so. Ich kann mich auch gar nicht so richtig erinnern, einen Antrag gemacht zu haben.

In meiner jugendlichen Unwissenheit wog ich nur das Für und Wider einer Ehe ab.

Ich wollte gern ein Haus kaufen und umbauen. Die Kredite hierfür gab es nur für junge Eheleute. Auch den Ehekredit von 5.000 Mark rückte Vater Staat, wie der Name schon sagt, nur mit einer Eheurkunde raus. Außerdem hatten ihre „Alten" unser erstes Auto, einen 12-jährigen, schweinchenfarbenen Trabant Kombi, mit abgerosteter Stoßstange zur Hälfte finanziert. Diese lag auf dem Rücksitz.

Also, ich war praktisch von den äußeren Umständen schon ziemlich stark beeinflusst.

Was sprach noch dafür? Das mit der Liebe und so war alles okay und kochen konnte sie auch.

Heute, nach über 40 Jahren, stelle ich mir die Frage noch einmal. Hätte ich nein sagen sollen?

Also, sie hat mir zwei Kinder geschenkt. Je älter die werden, desto ähnlicher werden sie mir. Ich wollte, dass meine Mutter bei uns lebt. In den 20 Jahren war es nicht immer einfach mit zwei Leittieren in der Küche. Wir haben drei Enkel und zwei Pferde, kochen kann sie noch besser als früher. Oft hatte sie mit ihrem sicheren Gehalt meine nicht gerade optimal wirtschaftende Firma am Leben gehalten. Sie wäscht und putzt und räumt den Geschirrspüler aus. Für meine Arztbesuche liegen immer saubere Sachen, inklusive weißem Unterhemd und neuen Socken auf meinem Stuhl.

Immer wenn ein Hund gestorben ist und ich mir einen neuen geholt habe, hat sie zwar wie blöd gemeckert, geliebt hat sie alle aber trotzdem, weil so ein Welpe so schön nach Baby riecht. Im Großen und Ganzen hält mein

Eheweib den ganzen Laden zusammen.

Also ich muss schon sagen, ich war damals ganz schön listig, als ich „Ja"
gesagt habe. Aber so eine Ehe ist keine Einbahnstraße.

Männer, schenkt ab und zu mal Blumen, auch selbst gepflückte. Die müssen
nicht schön sein, Teilnahme ist entscheidend. Bringt öfter mal den Müll
raus. Und schaut nach, ob sie das Bügeleisen rausgezogen hat. In diesem
Punkt haben Frauen ein Kurzzeitgedächtnis.

Männer, sagt „Ja"! Wenn es trotzdem nach hinten losgeht, könnt ihr mich
haftbar machen.

ABER ERST IN 40 JAHREN!

Bisher sind in der Reihe *Bitte wend(t)en!* erschienen:

„Der Fisch meines Lebens" 2014
ISBN 978-3-7357-2737-4

„Vorrat schaffen" 2016
ISBN 978-3-7412-4362-2